KB231868

# Vacations
## for the spirit

Vacations for the Spirit

by Alan Walker

Original copyright ⓒ 2004 Octopus Publishing Group

Korean translation copyright ⓒ 2009 Tree of Wisdom

This Korean edition was arranged with Octopus Publishing Group, UK

through Best Literary & Rights Agency, Korea

All rights reserved.

이 책의 한국어판 저작권은 원저작권자와의 독점 계약으로 도서출판 지혜의나무에 있습니다.
국내에서 신저작권법에 의해 보호를 받는 저작물이므로 무단전재와 무단복제를 금합니다.

인생을 새롭고 활기차게 만들어 주는 달콤한 휴식

# 영혼을 위한 휴가

알란 워커 지음 | 박인희 옮김

지혜의나무

# 목차

# 2부  영혼을 위한 휴가의 기본 원칙들

# 3부 영혼을 위한 휴가 떠나기

# 4부 생활 속에서 즐기는 영혼을 위한 휴가

# 서론

　학창 시절 미뤄 두었던 일들을 해결하거나 시험 준비를 해야 할 때면, 나는 우리 집에서 몇 마일 떨어진 한적한 시골의 수도원을 찾아가 그곳에서 잠시 머물곤 했다.

　그곳에서는 하루가 훨씬 길게 느껴졌고 집에서나 학교에서보다 훨씬 정신 집중이 잘 되었다. 그래서 정해진 일과와 규칙들 — 예를 들면 말하기와 침묵에 관한 것들 — 에 따라 생활하다 보면 어느새 계획했던 일을 다 끝내고도 시간이 남아, 독서나 산책을 하거나 아니면 그냥 쉬면서 내 자신을 돌아볼 기회를 가질 수 있었다.

　그후로도 여러 차례 그곳을 다시 찾아갔다. 그러나 뭐 특별한 목적이 있어서라기보다는, 그냥 휴식을 취하면서 업무와 가정생활에서 받은 압박감으로부터 벗어나는 시간을 갖고자 했다. 이렇게 나는 전통적으로 종교계에서 '안거 또는 피정(retreat)' 이라고 불렀던 시간, 다시 말해서 일상적인 생활을 잠시 떠나 '우리 자신을 재충전하거나' 또는 우리의 삶이 어떤 방향으로 나아가고 있는지 되돌아보는 시간의 가치를 이미 오래전에 경험했다.

　나는 전통적인 안거나 최근 활발하게 운영되고 있는 '템플스테이' 등의 참뜻은 개인적인 성장과 영적 성장을 가능하게 해주는 자기 성찰이라고 이해하고 있다. 그런데 최근에는 꼭 전통적인 종교 형식이 아니라 다양한 상황 속에서 이러한 안거나 템플스테이의 참뜻을 실현할 수 있게 되었다. 고대인들은 자신의 참모습을 깨닫기 위해 황무지의 움막을 찾아가거나 산속에서 은둔 생활을 즐겼다. 이에 반해 현대인들에게는 수행을 통해 변화를 이룰 수 있는 보다 다양한 기회가 제공되고 있다. 우리 자신을 발견하는 것은 우리 인생의 가장 위대한 모험이며, 그러한 자아 발견의 여정을 시작하기 위해서는 모험이 의미하는 바를 다시 생각해 볼 필요가 있다. 현대인들은 그냥 쉬기 위해서가 아니라 육체적으로 자연에 도전하는 휴가에서 이러한 모험의 의미를 찾고 있다. 나는 암벽 타기와 래프팅이야말로 이러한 활동의 대표적인 예라고 생각하는데, 그러기 위해서는 일상생활을 벗어나서 그동안 미처 깨닫지 못했던 재능을 발휘하려는 결단력과 집중력이 필요하다.

　짐을 싸서 길을 떠나고 환경을 바꾼다는 점에서 볼 때, 전통적 의미

의 안거나 피정, 그리고 템플스테이는 흔히 우리가 말하는 휴가와 매우 비슷하다. 왜냐하면 휴가라고 해서 반드시 멀리 떠날 필요는 없다고 생각하는 사람들도 있기 때문이다. 실제로 일상생활 속에서도 영혼을 위한 휴식을 갖는 것이 가능하다. 마치 몇 시간을 잔 것처럼 피로가 확 풀리는 '달콤한 낮잠' 의 경우를 생각해 보라! 물론 집을 떠나 여유를 부릴 수 있는 여건만 마련된다면 더 이상 바랄 것이 없겠지만, 그러나 대부분의 경우에는 일상생활에서 잠시 짬을 내는 것만으로도 그만큼의 효과와 가치를 누릴 수 있다. 마찬가지로, 단지 집에 있다는 이유만으로 우리의 영적 휴식이 가슴 설레는 모험과는 거리가 멀 거라는 생각은 잘못된 것이다. 이 또한 일상을 벗어난 여행으로, 새로운 시야와 취미와 경험을 향해 마음을 여는 시간이 될 수 있다.

'안거나 피정' 이라는 단어는 전통적인 종교 세계와 무관한 사람들에게는 다소 부정적인 의미로 들릴 수 있기 때문에 나는 '휴가' 라는 단어를 사용하려고 한다. 내가 가지고 있는 『시소러스』(정보 검색 등을 위한 용어 사전 — 역주)에는 안거나 피정이란 현대 사회에서 가장 긍정적인 단어 가운데 하나인 진보의 반대 개념으로 정의되어 있다. 그것은 잠

시 시간을 갖기, 멀리 도망치기 또는 현실로부터의 도피 등을 뜻하는데, 진정으로 나는 누구이며 어떤 사람이며 어디에 있는가 하는 의문을 갖는다는 점을 제외하고는 모든 부정적인 의미와 관련이 있다. 그러나 영적 개발에 심취한 사람들의 생각은 이와 다르다. 그들에게 안거나 피정이란, '원칙으로 돌아가거나' 또는 '문제의 핵심'에 도달하는 것과 더욱 밀접한 관련이 있다.

이외에도 여러 종교에서 광범위하게 쓰이는 단어로는 '내면으로 들어가다'라는 말이 있다. 기독교에서 예수는 복음을 전파할 준비를 하기 위해 사막으로 떠났다가 심판을 받을 마음의 준비를 하기 위해 뜰로 나갔다. 또 제자들에게 골방에 들어가 문을 닫고 기도하라고 일렀다. 유대교에서 안식일이란 모든 일상적인 활동과 일을 떠나 휴식과 연구와 가족들을 위한 시간을 갖는 것을 의미한다. 티베트 불교에서는 인생이란, 다양한 단계에 들어서기 위해 준비하는 '물러남'이나

과정의 연속으로 본다.

우리의 삶은 끊임없이 변화하는 특성을 지니고 있으며, 잠시 시간을 갖고 상황을 파악하는 눈을 갖는 것이 필요할 때도 많다. 그것은 인간의 성장과 파멸의 자연적인 움직임과두 관련이 있다. 심리학자인 C. G. 융은, 건강이란 살아가는 동안 현재 우리의 위치를 받아들이고 그것에 맞추어 사는 것과 깊은 관련이 있다고 보았다. 이러한 자세는 당연히 교육과 직장, 직업개발 그리고 이동에 관한 결정과 떼려야 뗄 수 없는 관계를 유지하게 되는데, 어떤 경우든지 시간을 내어 자신을 되돌아보고 지금까지의 삶을 평가해 보는 것이 도움이 될 것이다. 인생의 황혼기에 접어들면서 우리의 생각은 자연스럽게 죽음과 그 이후를 향해 치닫게 되는데, 그것은 자연스러운 과정이다.

이외에도 생일이나 기념일, 그리고 가족의 죽음과 같이 인생의 질서를 파괴하고 자기 이해(self—understanding)에 문제를 제기하는 중요한 순간, 우리는 내면으로의 침잠이 필요하다고 느끼게 된다. 이런 경우에는 앞으로 나아가기 위해 반드시 잠시 축하하는 시간을 갖거나 슬퍼하는 시간을 가질 필요가 있다.

이렇게 볼 때 영혼을 위한 휴가는 도피가 아니다. 오히려 되돌아가기 위한 준비이다. 가장 심오한 형태의 영혼은 우리에게 이 세상을 부정하거나 거부하는 것이 아니라 적극적으로 관계를 맺을 것을 요구한다. 환상적인 영적 세계를 추구하기 위해 이 세계를 거부하는 것은 마치 인생이란 물질적인 부와 행복 외에는 아무런 의미가 없다고 보는 것만큼 잘못된 생각이다. 인간사뿐만 아니라 자연계에서 정의, 자유 그리고 조화를 이끌어낼 수 있는 상황을 만들어 가려고 노력하여 이 세계를 바꾸어 가는 것이 우리 모두의 의무이다. 우리는 작게나마 지금보다 더 나아짐으로써 환경 회복을 향한 큰 발을 내딛고자 영혼을 위한 휴가를 떠난다. 그리고 그 휴가에서 돌아오는 순간 우리는 반드시 출발점으로 되돌아간다. 그렇게 우리는 한 발짝 앞으로 전진했고, 우리의 눈에 비친 세계는 과거의 세계와 달라져 보인다. 그리고 실제로 우리의 노력을 통해 세계는 조금씩 변하고 있다.

이처럼 책의 제목을 '영혼을 위한 휴가'라고 정했을 때 나는 단순히 휴식을 취하는 것 이상을 생각하고 있었다! 우리의 몸은 휴식을 원한다. 그러나 단언하건대 우리의 영혼은 활동에 목말라 한다. 왜냐하면 영혼은 왕성한 생명력을 자랑하는 우리 존재의 일부이기 때문이

다. 또 독창적이며 모험심과 에너지와 기지로 가득 차 있는 바로 우리
자신이기 때문이다. 나는 물질적인 성공과 자기 성숙 이외의 것에는
적대감을 가지고 살아가는 현실에서, 이해하기 어려운 고대 전통의
장점을 우리 생활에 활용할 수 있는 실질적인 방법을 소개하고자 한
다. 이 책에서 내가 제시하는 명상과 훈련을 통해 여러분들이 개인적
인 성장뿐만 아니라 우주의 회복을 이루어 가는 길에 동참할 수 있기
를 바란다.

# 1부

# 영혼을 위한 휴가를
# 떠나는 이유

# 영혼을 위한 휴가가 왜 필요한가

언젠가 한 친구가 새 직장에 이력서를 제출하는 문제에 대해 의논을 하려고 나를 찾아왔다. 그것은 내가 그 직장에 대해 잘 알고 있어서가 아니었다. 그녀는 단지 곰곰이 생각할 시간이 필요했고, 나라면 그녀의 이야기를 잘 들어줄 수 있을 거라고 믿었기 때문이었다.

우리는 도시 반대편에 있는 미술관으로 차를 몰았다. 그리곤 계획대로 얼른 전시관을 돌아본 다음 미술관에 있는 식당에서 점심을 먹었다. 적당히 분위기가 무르익으면서 긴장이 풀리자, 우리의 대화는 이력서를 제출하는 문제로 옮아 갔다. 나는 한편으로 이것이 고전적인 치환 활동의 전형이라고 생각했는데, 당면한 문제를 의논하기 앞서 해결해야 하는 문제들을 모두 들추어내는 바로 그런 과정 말이다.

　왜 내 친구는 우리가 만나자마자 바로 자리에 앉아서 이력서를 작성하지 않았을까? 물론 작가들은 이러한 일에 매우 익숙해 있다. 주위를 조금 치우고 책상의 위치를 바꾼 다음 한 잔의 커피를 마신다. 나 역시 이런 다음에야 비로소 몇 년 전에 출판사에 약속했던 글을 완성할 수 있다.

　그러나 이 글을 쓰기 위해 앉았을 때 나는 우리가 치환이라고 부르

는 것이 결코 시간 낭비만은 아니라는 것을 깨달았다. 꼭 성취해야 할 무언가가 있다면 — 인생의 전환점이 될 무언가가 있다면— 당장 그 일을 하지 않으면 안 되는 것처럼 바로 그 일에 매달리는 것은 어리석은 일이다. 그보다는 한발 물러나서 미래를 위해 그러한 변화가 갖는 의미를 성찰해 보고, 또 그것이 개인의 발전이나 우리가 나아가고자 하는 방향과 얼마나 조화를 이루는지 곰곰이 따져 보아야 한다.

친구가 함께 미술관에 가자고 했을 때, 그녀는 해결을 미룬 것이 아니었다. 그리고 그녀는 영혼을 위한 휴가가 지니는 의미에 대해 나에게 많은 것을 일깨워 주었다.

공교롭게도 그날 미술관에는 방문객들이 오디오 스피커를 중심으로 둥그렇게 원을 그리고 앉아서 사원에서 녹음된 테이프를 듣는 설치 미술이 진행되고 있었다. 그런 식으로 우리는 바쁘게 돌아가는 일상생활과는 다른 것에 모든 감각을 집중했다. 점심식사 — 다양한 문화의 재료들과 맛이 절충을 이룬 조화 — 역시 우리가 일상적인 관심사에서 벗어나는 데 도움을 주었다.

결과적으로 전시회는 이력서 작성이라는 부담스러운 일을 하기 앞서 머리를 식힐 수 있는 시간이 되었다. 가장 최근의 경력부터 시작해서 자격증들, 그리고 어떤 직장에 발을 들여놓게 된 동기와 그 직장을 떠나야 했던 이유 등등, 이 모든 것들이 내일 근무 시간이 끝나기 전까지 우리의 보증인이 되어줄 이들의 이름과 함께 제출되어야 했다.

그러나 영적 생활에는 그러한 마감시간이 없다. 한 발자국 물러나 우리의 인생을 되짚어보고 과연 우리가 어떤 곳을 향해 나아갈 것인지 결정할 시간을 갖는 것은 전적으로 우리에게 달려 있다. 때에 따라서는 미술 전시관을 찾는 것과 같이 단 몇 시간이면 충분하다.

# 인생의 여러 시기들

이 세상은 무대예요.

그리고 남자와 여자들은 모두 배우일 뿐이구요.

모두 무대에 나올 시간과 들어갈 시간이 정해져 있어요.

한 사람은 그가 맡은 시간에 여러 가지 일을 하죠.

그는 일곱 단계를 연기한답니다.

— 셰익스피어의 「좋으실 대로」에서 나오는 쟈크의 대사(2막 7장 139—167)


현대 심리학자들은 우리가 개인적 성장과 도덕적 성장을 이루어

가는 여러 개발 단계를 입증해 보였지만, 셰익스피어만큼 '일곱 단계'에 대해 설득력 있게 설명한 사람도 없었다. 우리는 쉽게 '응애응 애거리며 토하는' 영아기, '징징 보채다가…… 마지못해 다리를 질질 끌면서 학교에 가는 학생', 그리고는 인생의 마지막 장에 이르면, '이도 빠지고…… 눈도 잘 안 보이고…… 맛도 느끼지 못하는' 제2의 유아 상태에 이르게 된다고 생각한다.

예로부터 우리 삶의 단계들을 되돌아보는 것이 우리가 영혼을 위한 휴가를 떠나는 이유 중의 하나로 여겨져 왔다. 나라와 전통을 막론하고 영적 작가들은 현재와 미래에서의 의식 있는 삶을 위해서는 과거를 이해하는 것이 중요하다는 것에 뜻을 같이 했다. '과거'에는 우리 개인의 삶의 여정을 꿰뚫어볼 수 있는 귀중한 단서들이 모두 들어 있다. 현재까지의 자신의 삶을 꼼꼼히 되짚어봄으로써 전에는 미처 깨닫지 못했던 자신의 행동 양식과 사고 패턴을 발견할 수도 있다. 또 거의 의식하지 못하고 있던 과거의 경험이 실제로는 나에게 전환점이 되었으며, 앞으로도 어떤 결정을 내리는 데 있어 창조적 자극제 역할을 할 수 있음을 발견하게 될지도 모른다. 어쩌면 창피한 마음에 기억 저편에 묻어 두었던 순간, 또는 다른 사람에게 상처를 주거나 최선의 방법에 역행하는 행동을 했던 때를 떠올리게 될 것이다. 영혼을 위한 휴가란 시간 밖의 시간으로, 잊기 위해 노력했지만 결코 벗어날 수 없었던 사건들을 어떤 위기감도 없는 안전한 상태에서 되짚어보게 해준다.

이미 휴가를 떠나는 쪽으로 마음이 기운 상태에서 이 책을 읽게 된 독자들도 있을 것이다. 그 이유를 막론하고 그러한 생각은 당신에게 깊은 감동을 전해 준다. 과거 자신이 어떤 존재였는지 그 영적 깊이에 대해 심각하게 생각해 보았던 때를 떠올려 보아라. 마음속으로 자신의 삶을 되짚어본다. 현재 당신이 어떤 상태에 있든지 영아기부터 시작해서 유아기, 청소년기, 장년기, 성년기 그리고 은퇴기에 이르기까지 자연적인 단계를 떠올리면서 당신의 인생에 있어 각 시기를 특징지을 수 있는 간단한 단어나 이미지들을 생각해 낸다. 그런 다음 이미지를 떠올리면서 그러한 이미지들이 보여 주고자 하는 당신의 모습을 받아들이도록 노력한다. 이때 어쩌면 인정하기 힘든 자아를 발견하게 될 수도 있다. 그런 다음 당신이 얼마나 열심히 살았는지 과거의 삶을 되돌아보고 인생의 황혼기에 서 있는 자신의 모습을 그려 본다. 인생의 황혼기에 선 당신에게 의미 있는 일을 하기 위해 당신은 지금 무엇을 할 수 있는가?

# 인생의 중대 사건들

때때로 우리는 불만스러울 때가 있다. 우리가 살고 있는 장소나 직장에 얽매여 있는 것 같아 불행하게 느끼기도 한다. 또 운 좋게 지금의 상태에 도달하게 된 것처럼 보여질 때도 있다. 그러나 지금까지 우리가 내린 결정들이 나름대로 제 역할을 했다는 것을 우리는 잘 알고 있다.

우리의 진정한 정체성은 처음에는 우리 자신의 한계를 규정짓는 것처럼 보이는 원들 사이의 공간 어딘가에 위치하고 있다. 영혼을 위한 휴가를 떠남으로써 지금까지 어떻게 내 문제가 해결되어 왔는지 그 과정을 이해할 수 있는 새로운 중간 시기가 탄생하게 된다. 그렇게 함으로써 우리는 더 많은 자신감과 책임감을 가지고 앞으로 다가올 변화라는 도전에 직면할 수 있다. 여기서 우리 자신의 중간 시기를 조사하기 위한 몇 가지 단계를 소개하고자 한다.

### 실습

●●● 1~2분 정도 조용히 앉아서 과거 자신의 삶을 되짚어본다. 그러다 보면 자연스럽게 당신이 살았고 공부했고 일했던 곳으로 장소가 세분될 것이다. 일이 일어난 순서에 따라 커다란 종이 위에 각 시기별

24

로 원을 그린 다음 그 위에 각 시기를 특징짓는 핵심 단어를 하나씩 쓴다.

●●● 종이를 앞에 내려놓은 다음 눈으로 천천히 읽어 내려간다. 한 원에서 다른 원으로 시간을 갖고 천천히 읽어 내려가거나 또는 조금 빠르다 싶은 속도로 읽어 간다. 각 시기를 볼 때마다 마음속에 어떤 감정이 드는지 의식하려고 노력하되 불행했던 기억에 사로잡히지 않도록 조심한다.

●●● 이제는 원과 원 사이의 공간에 주목한다. 이 공간은 생각과 결정과 변화를 나타낸다. 무엇이 당신의 인생을 한 단계에서 다른 단계로 변화하게 만들었는가? 그것은 자연적인 발전이었는가 아니면 심사숙고한 결정의 결과였는가? 자연스러운 전개 과정에 해당하는 원

들을 직선이나 화살표를 이용하여 연결한다. 복잡한 결정을 내려야 했던 시기에는 선을 지그재그로 그린다. 어쩔 수 없는 상황에 의해 마지못해 그런 움직임이 있었기 때문에 명확한 방법으로 원들을 연결할 수 없는 경우도 있을 수 있다.

••• 이러한 중간 시기 가운데 하나를 선택하여 더욱 깊이 생각해 본다. 그렇다고 이것이 반드시 힘든 작업이 될 필요는 없다! 그 시기에 관해 생각나는 것을 모두 떠올려보도록 하며, 자연스럽게 생각나는 것을 기억해 낸다. 그런 다음 그 시기를 의미하는 단어들 가운데 생각나는 것을 적어 본다. 다른 시기에 대해서도 똑같은 작업을 되풀이하는데, 이렇게 하다 보면 각 시기별로 서로 다른 특성을 찾아낼 수 있다. 각각의 경우에 사용된 단어들을 비교하여 당신 인생의 숨겨진 활력소를 찾아내도록 노력한다. 당신이 어떻게 성장했으며 개발되었고 변화되었는지에 대해 곰곰이 생각해 본다.

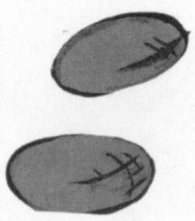

# 영혼을 위한 휴가의 중요성

학창 시절 나는 매일 꼬박 30분 동안 차를 타고 학교에 가야 했는데, 어느 사이엔가 그 시간이 나에게는 잠시 모든 걸 잊어버릴 수 있는 소중한 시간이 되었다. 버스 안 구석진 자리에 혼자 앉아 그때까지 알지 못했던 현실을 깨달았을 때의 벅찬 감동을 지금도 생생하게 기억하고 있다. 마치 그 순간 나는 내가 진정으로 살아 있음을 처음으로 깨달은 것 같았다. 그리고 인생이란 내가 언제든지 쉽게 포기할 수 있는 그런 게임이 아니라는 것을 터득했다.

언젠가 한 친구가 문득 인생은 연습이 아니라 실제라는 생각이 들 때가 있다고 고백했었다. 솔직히 말하건대 그것은 그렇게 유쾌한 순간은 아니었다. 그리고 나중에 돌아보니 그 순간은 바로 내가 살아 있을 뿐만 아니라 특별한 존재가 아니라는 것을 깨닫는 순간이었다.

아기들이나 어린아이들은 자신이 우주의 중심이라고 생각하기 때문에 마음대로 되지 않으면 화를 낸다. 그러다가 조금 더 나이가 들면, 부모님과 선생님들 역시 자신과 같은 시기를 겪었음에도 불구하고 자신을 이해하지 못한다고 불만을 갖게 된다.

어른이 되면, 인생이란 우리 자신과 아이들을 위해 최선의 것을 바라는 끝없는 타협의 연속임을 깨닫게 된다. "만약 지금 우리가 알고

있는 것을 그때도 알고 있었더라면……" 하고 말하면서 "젊은이들은 젊음을 헛되이 낭비하고 있다"라는 현자의 말에 동의하게 된다. 정신분석가인 멜라니 클라인(1882~1960. 오스트리아 출신의 유대인 여성 심리학자 — 역주)은 아이를 환상에서 깨어나게 하는 것이 어머니의 할 일이라고 말했다. 이 말은 아이의 즐거움을 빼앗으라는 것이 아니라, 인생을 살다 보면 행복과 만족뿐만 아니라 실망과 좌절도 느낄 수 있다는 것을 깨닫게 해주라는 의미이다.

　나는 종종 버스를 탔던 때를 떠올리곤 한다. 내가 태어나서 처음으로 내 인생과 앞으로 나아가야 할 방향에 대해 책임감을 느꼈던 때가

바로 그 순간이었다. 다시 말하자면 의식이 탄생된 순간이었다.

　여러분에게도 의존적인 상태에서 책임감을 느끼는 상태로 옮아 갔던 시기가 있을 것이다. 다시 말해서 갑자기 성숙해진 순간이 떠오를 것이다.

　영적 휴가의 가장 큰 효과 중의 하나가 환상에서 깨어나는 과정을 계속함으로써 우리 각자가 자신의 진정한 모습을 받아들이고 자신에게 주어진 책임감을 인정하는 것이다. 어쩌면 이 말 때문에 영혼을 위한 휴가를 떠나려는 계획에 대해 다시 생각해 보려는 사람들이 생길지 모르겠지만, 그러나 영혼을 위한 휴가는 반드시 그래야 한다. 어떤 상황에서 영적 휴가를 선택하였든지 간에, 영적 생활은 휴가나 도피가 아니라 언제나 현실과 관계 맺음을 의미한다.

# 이익과 보상

우리는 영혼을 위한 휴가를 떠난다는 것이 얼마나 의미 있는 일인지 충분히 이해하게 되었다. 이러한 감동은 단순히 지금까지 가보지 못했던 흥미로운 장소에 대해 알게 된 것 이상의 의미를 지니고 있음을 받아들여라. 어떻게 이러한 의미를 알게 되었는지 그 과정을 깊이 되돌아보고, 그렇게 될 수 있게 도움을 준 사람들에게 감사하는 마음을 가져라.

- 현재 당신의 상황은 어떠한가?
- 당신은 지금 변화를 겪고 있거나 혹은 결정을 내려야 하는 입장인가?
- 현재 무엇, 또는 누구 때문에 고민을 하는가?
- 당신은 과거를 되돌아볼 기회나 도움이 필요하다고 느끼는가?

영적인 발전 가능성은 우연히 우리 앞에 나타나지 않는다. 그것은 우리 존재와 행복의 중심을 이룬다. 이러한 진실을 깨달아 영적 발전의 가능성을 축복으로 이해하는 것은 우리에게 달려 있다.

## 실습

●●●  그동안 겪었던 굵직한 사건들을 되돌아보면서 특히 변화의 시기에 주목한다. 당신이 바꾸어 보고자 했던 일들이 있는가? 미해결 상태로 남아서 아직까지도 당신을 괴롭히는 문제가 있는가?

●●●  이제 앞일에 대해 생각해 본다. 마술 양탄자를 타고 미래를 떠다니고 있는 자신의 모습을 상상해 본다. 눈앞에 가능성과 기회가 보이지만 당신은 그것을 잡지 못하고 있다. 어느 곳은 전체가 먹구름에 뒤덮여 그 안을 볼 수 없는 곳도 있다. 지금 이 순간 당신에게 미래는 어떤 느낌으로 다가오는가? 당신은 탐구심과 더불어 불안감이나 또는 희망을 품은 채 앞으로 나아가고 있는가?

●●● 과거와 현재에 대한 당신의 느낌이 어떻게 해서 미래를 향한 희망에 영향을 미치는가? 당신에게는 과거를 만회하려는 욕구나 현실에서 도피하고 싶은 욕망이 있는가?

●●● 이제 즐거웠던 휴가를 회상하거나 또는 상상해 본다.

●●● 시작에 앞서 우선 긴장을 풀고 직장이나 가정 내의 걱정거리들을 잠시 접어 둔다. 당신이 없는 사이 그러한 걱정거리들이 해결될 것인가, 아니면 당신이 돌아갔을 때 더 큰 문제로 변해 있을 것인가? 영혼을 위한 휴가가 끝날 즈음 아마도 이러한 걱정거리들이 다시 몰려와서 긴장을 늦추기가 더욱 어려워지게 될 것이다. 그러나 휴가를 떠나 있는 동안에는 — 며칠 동안이거나 아니면 일주일 내내 — 마음의 안정을 찾을 수 있었다.

●●● 영혼을 위한 휴가에 초대받는 것도 이와 비슷할 거라는 사실을 받아들인다. 영혼을 위한 휴가를 떠난다고 해서 반드시 완벽하게 평화로운 시기가 되는 것은 아니지만, 마음의 준비만 되어 있다면 그럴 가능성도 없지 않다.

# 개인의 목표 정하기

진정으로 바라는 것이 무엇인가? 당신이 갖기를 원하거나 하고자 하는 일을 하나의 목록으로 정리하면 도움이 될 것이다. 그러나 나는 여러분이 자신의 야망을 달성하고 재산을 늘리려는 목적으로 이 책을 읽게 되었다고는 생각하지 않는다. 그보다는 잠시 떠나서 더욱 심원한 목표와 이익이 갖는 의미에 대해 진지하게 생각해 보고 싶은 것, 그것이 우리가 함께 하는 진짜 이유라고 생각한다.

영혼을 위한 휴가는 승진이나 돈을 버는 것과는 거리가 멀다. 오히려 그 반대의 경우에 가깝다는 것을 알면서도 당신은 최소한 위험을 감수하려는 마음의 준비가 되어 있다. 사실 우리 모두 알고 있듯이, 영적인 휴가 동안에는 우리가 갈망하는 그 많은 것들의 진정한 가치를 전부 다 의심하게 될 수도 있다.

가장 원하는 것을 적어 보라고 하면, 무엇보다도 당신과 가까운 이들이 행복해지고 더욱 건강해지며 모든 상황들이 지금보다 더 좋아졌으면 하는 바람이 제일 먼저 떠오를 것이다. 그런 다음에 자연계나 환경에 대해 생각하게 된다. 그리고 마지막으로 보잘것없는 인류의 업적들을 비롯하여 훌륭한 문화재들을 잘 보존하는 문제가 생각날 것인데, 사실 이것이 당연한 순서이다.

그 누구도 이러한 귀중한 목표를 비난하지 못할 것이다. 그러나 영혼을 위한 휴가를 떠나고자 하는 욕구는 우리에게 더욱 세부적인 질문을 던지고 있다. 즉 내가 진정으로 희망하는 것이 무엇인가? 내가 개인적으로 꼭 해결해야 하는 문제들 가운데 이러한 목표들이 정말로 포함되어 있는가? 현재 나는 그러한 목표에 다가가는 삶을 살고 있는가? 간단하게 말해서, 나는 지금 내가 옳다고 생각하는 것을 위해 진정으로 노력하고 있는가?

진정으로 내가 이 세계에 좋은 일을 더 많이 선사하고자 하며 그러한 목표를 위해 실제로 노력하고 있냐고 스스로에게 반문할 때, 나는 혼란에 빠지게 된다. 최선의 것을 진심으로 바라고 있다는 것은 알고

있지만 그것을 이루기 위해 어떻게 행동해야 하는지에 대해서는 전혀 모르고 있기 때문이다.

　나를 위한 최선의 것을 희망해야 한다는 것이 바로 모든 영혼을 위한 휴가의 목표이다. 나를 위한 최선의 것은 이 세계에서 나의 자리를 찾고 그것의 영적 운명을 발견하는 것임을 알아야 한다. 터무니없는 바람처럼 들리겠지만, 우리 모두는 규모가 더 큰 그림 안에서 어떻게 조화를 이루며 각자 신의 의지에 어긋나지 않게 행동할 것인지 그 방법을 알고 싶어한다. 겉으로 드러나는 우리의 차이점을 넘어서 우리의 개인적인 목표는 사실 똑같다고 할 수 있다. 즉, 우리 모두는 의미 있는 삶을 사는 법을 알기를 소망한다.

# 나는 무엇을 이루기를 희망하는가

현대에는 삶의 각 단계별로 잠시 쉬어 가는 시간을 갖는 경우가 많아지고 있다. 대학 입학을 앞두고 있는 젊은이들은 마치 경쟁을 벌이듯이 아주 색다른 곳을 탐사하거나 또는 특별한 목표를 달성하고자 한다. 그리고 졸업 후 몇 달이라는 기간을 사회 생활을 하기 전에 흥미롭고 새로운 경험을 쌓을 수 있는 마지막 기회로 이용하는 사람들도 많다. 사회에 나가서는 평생 한 직장에 매달릴 필요가 없다는 생각에 새로운 직장을 얻기 위한 재교육을 받거나 업종을 바꾸는 것과 같은 과감한 결단을 내리기도 한다.

이와 같이 때때로 따로 시간을 내는 것이 앞으로 올 것을 준비하고 이미 지나간 것들을 받아들이는 데 도움이 될 수 있다. 그러나 우리는 지금 이 위치에 오게 해준 과거를 후회하며, 우리를 기다리고 있는 앞으로의 가능성 및 기회에 대해서도 같은 생각을 가지고 있기도 하다. 많은 사람들이 그들의 개인적 '시스템' — 육체적, 정서적, 지적으로 — 은 대대적인 변화를 필요로 하고 있으며, 이 목표를 이루기 위해서는 도전적인 활동이 최선의 방법이라고 생각하고 있다. '서바이벌' 체험, 대륙 횡단, 강을 이용한 여행, 정글과 사악 탐험 등은 전문 탐험가들은 물론 일반인들에게도 참여의 문이 활짝 열려 있다. 그러나 내적 정신력을 일깨우고 기본 기술을 개발하며 다른 사람들과의 협동을 필요로 하는 '모험' 은, 그 종류를 막론하고 우리가 인생이라는 여정을 나아가는 데 있어 다음 단계를 준비하는 데 도움을 줄 수 있다.

낯선 지역을 여행하는 전문 여행가들은 모험과 관심은 준비에 달려 있다는 것을 알고 있다. 그 지역의 말을 배우고 문화를 익히며 당시의 정치적·사회적 상황에 대해 미리 공부를 하는 노고를 아끼지 않는다면, 그 지역 사람들과 진심에서 우러난 만남을 가질 가능성 또한 그만큼 커지게 된다.

동시에 새로운 것을 발견하려는 편견 없는 자세가 필요하다. 안내 책자도 잘못될 수 있다는 가능성을 인식하고 진정한 만남은 당신의 생각과 선입견을 버리는 데 달려 있음을 알아야 한다.

**실습**

●●● 영혼을 위한 휴가를 준비하고 있다면, 과연 그 휴가를 통해 무엇을 얻고 싶은지 스스로에게 물어 본다. 그런 다음 이런 상태에 놓이게 만든 걱정거리들을 적어 본다. 그러고 나서 손이 미치는 곳에 목록을 잠시 치워 둔다.

●●● 지금 당신에게 중요한 다른 문제에 대해 생각한 다음 그것들을 적어 본다.

●●● 이렇게 해서 만들어진 두 개의 목록을 나란히 놓아 둔다. 이 두 가지 가운데 어떤 것이 정말로 중요한가?

●●● 우리의 마음이 어떻게 변할지 알 수는 없지만 반드시 단서를 남기게 되어 있다. 따라서 휴가를 준비하는 동안 마음의 움직임을 알 수 있는 단서를 찾아서, 당신을 기다리고 있는 새로운 가능성을 향해 마음을 열어야 한다.

# 2부

# 영혼을 위한 휴가의
# 기본 원칙들

# 계획 세우기

여러 해 동안 나는 운이 좋게도 여름이면 스위스에 있는 친구의 집에 묵을 수 있었다. 친구의 집은 호수가 내려다보이는 언덕 위에 위치하고 있었는데, 몇 분만 걸어가면 우편엽서에서나 볼 수 있는 마을이 나타났다. 한마디로 말해서 완벽한 곳이었다. 그래서 나는 늘 그곳으로 돌아가기만을 고대해 왔다. 그러나 최근 몇 년 동안에는 친구와 서로 시간이 맞지 않은 관계로 다른 곳에서 여름을 보내야 했다.

누구에게나 새로 찾아간 휴가지에서 실망만 안고 돌아왔던 경험이 있을 것이다. 안내 책자에 소개된 그림이나 글을 보고 어떤 장소를 예약했지만, 현실은 우리의 기대와는 엄청난 차이가 있다. 집이나 학교 또는 직장을 옮길 때처럼 예약을 하기 전에 잠깐이라도 그곳에 들러 직접 확인을 할 수 있었으면 하는 아쉬움이 남을 뿐이다. 휴가란 짧은 시간 동안 떠나 있는 것이기 때문에 그만큼 기대도 크고 계획도 거창하다. 또 한 번 실망을 하게 되면, 다음 휴가를 갈 때까지 오랜 시간을 기다려야 한다.

　마찬가지로 비록 하루나 이틀 동안 영혼을 위한 휴가를 떠난다고
해도, 여기에는 개인의 시간과 에너지면에서 엄청난 투자를 한 것으
로 볼 수 있다. 일단 영혼을 위한 휴가를 떠나 본 경험이 있는 사람은
계속해서 그것을 원하게 될 것이다. 그러나 다른 경우와 마찬가지로
첫발을 내딛는 것이 가장 힘들다.

　휴가를 떠날 장소에 대해 생각하거나 관련 계획을 세우기 전에 예
로부터 전해 내려온 전통적인 기본 원칙들을 터득하는 것도 가치 있
는 일이다. 실제로 영혼을 위한 휴가는 신비스러움이나 비법과는 거
리가 멀다. 당신이 무엇을 했는가보다는 그 일에 얼마나 세심한 주의
를 기울였는가 하는 점이 더 중요하다.

　아마 내적 성찰을 위해서 적어도 하루 정도 별도의 시간을 마련해
야 한다는 점이 낯설게 느껴질 수도 있다. 내 생각에는 최소한 하루

정도는 시간이 필요하다고 보는데, 그렇지 않다면 진정한 '휴가'라기 보다는 그저 '조용한 시간'이나 '쉬는 시간'을 갖는 정도에 불과하다. 영혼을 위한 휴가를 실천하는 기본 요소로는 잠자기, 먹기, 쉬기 등등 이 있는데, 기도와 명상과 예배와 같은 영적 활동을 위해 적절하다고 판단되는 것이면 무엇이든지 다 가능하다. 나는 선불교(불교의 한 파로, 참선을 통한 깨달음을 중요하게 생각한다 — 역주)에서 사용하는 가부좌(승려나 수행인이 앉는 자세로 책상다리를 하고 앉는 것을 말함 — 역주)라는 단어를 사용하 고 싶다. 그리고 대부분의 경우 이와 같은 아주 필수적인 요소들 외에 지도와 영적 안내 등이 보완되어야 하는데, 어떤 경우를 막론하고 과 거에 일어났던 일들을 돌이켜보고 그것이 앞으로 당신의 일상적인 삶 에 어떤 영향을 미칠 것인가에 대해 생각해 보는 시간이 반드시 있어 야 한다.

# 도움이 되는 방법들

실제로 휴가를 떠나기에 앞서 마음의 준비를 하는 것이 바람직하다. 다음은
실제적으로 도움이 될 만한 몇 가지 사항들이다.

## 잠자기

●●● 잠자리에 들기 전에 다음날 있을 영적 휴가에 관한 계획을 세운
다. 조용히 앉아 당신에게 활기를 불어 넣는 음식을 감사하는 마음으
로 음미하며 영혼의 휴가를 즐기고자 하는 확고한 의지를 다진다. 생

활의 잔재들을 보이지 않는 곳으로 치우고 아직 끝내지 못한 일들을 옆으로 밀쳐 둠으로써 다음날 아침을 위한 공간을 확보한다. 다시 한 번 공간이 깨끗하게 정돈되어 있는지 확인한다. 그런 다음 그 공간 안에 돌이나 경건한 그림과 같은 상징적인 물건을 놓아 두어 다음날 아침 눈을 뜨자마자 특별한 계획이 있다는 사실을 금방 떠올릴 수 있게 한다.

## 자리에 앉기

●●● 잠시 동안 편안하고 조용하게 앉아 있도록 노력한다. 처음에는 1분 정도면 적당하고, 점차 5분에서 10분으로 시간을 늘린다. 귓가에 들려오는 소리에 정신을 집중하는데, 방 안에서 나는 소리부터 시작하여 점차 방 밖에서 나는 소리에 관심을 쏟는다. 몇 가지 소리가 들리는가? 그 가운데 새들의 노랫소리와 같은 자연의 소리는 무엇이며, 자동차 소음이나 째깍거리는 시계 소리와 같이 인위적인 소리는 얼마나 되는가? 서서히 침묵에서 벗어나면서 지금의 경험을 간단히 되돌아본다. 그런 다음 이 경험에 대한 느낌을 간단한 단어로 적어 둔다.

## 식사

●●● 아주 귀한 손님을 대접하고 있는 것처럼 꽃과 고급스러운 식기들로 멋지게 식탁을 꾸민다. 식사를 시작하기 전 잠시 시간을 내어 당신 앞에 차려져 있는 모든 것을 음미하는 시간을 갖도록 하는데, 각음식들이 어떻게 해서 느낌과 색채와 맛을 지니게 되었는지 생각해

본다. 이와 같은 음식들이 요리되어 당신 앞에 놓이기까지 수고를 아끼지 않은 이들에게 감사하는 마음을 갖는다. 음식을 한 입 떠먹거나 새로운 요리가 나오기 전에 음식의 맛을 충분히 음미하는 시간을 갖는다. 그리고 식사가 끝난 후에는 이 세상에서 필요한 모든 것을 가질 수 있는 당신이 얼마나 행복한 존재인지 감사하는 시간을 갖는다.

## 휴식

●●● 걱정이나 근심이 없던 때를 떠올려 본다. 열정을 다해 하루를 시작했던 때를 되돌아보면서 그때 생겨나는 솔직한 느낌을 받아들인다. 그 순간 마음속에 떠오르는 이미지들에 정신을 집중해서 지금 현재 이와 비슷한 일이 일어나고 있는지 생각해 본다. 이때 정원을 돌아보거나 산책을 통해 당신이 기억하고 있는 느낌을 다시 떠올려 본다. 단 30분만이라도 어떤 방해도 받지 않을 수 있는 곳을 찾는다. 스스로에게 "지금은 오로지 나만을 위한 시간이야" 하고 말한다. 휴대폰도 잠시 꺼 둔다. 그 어떤 것도 나의 특별한 시간을 방해하지 못하게 한다. 이런 특별한 시간에 느꼈던 점들에 대해 간단히 적어 둔다.

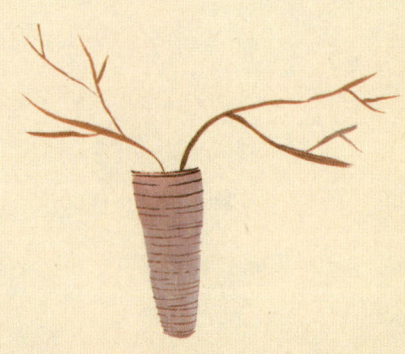

# 영혼을 위한 휴가에 적당한 장소

영혼을 위한 휴가는 말 그대로 어디론가 떠나는 움직임을 의미하며 영적인 생활은 정지된 장소가 아니라 하나의 여정임을 떠올리게 해준다. 어떤 사람들에게는 이러한 여정이 말 그대로 특정 강사나 운동과 관련이 있는 단체나 센터로 들어가는 것을 의미할 것이다. 저명한 영적 지도자들은 가까운 곳이나 멀리에 살고 있는 구도자들을 위해 강연회나 수련회를 자주 개최한다. 그러나 모임이나 강의에 단순히 참가하는 것만으로는 진정한 의미에서의 휴가라고 할 수 없다. 경건한 훈련을 하기 위해서는 교회나 사원을 방문하는 것 이상의 무언가가 필요하다.

우선 무엇보다도 영혼을 위한 휴가를 성실히 보내겠다는 결의와 노력이 필요하다. 이러한 결의는 내적 생활이 외적인 모든 일상생활에 어떤 영향을 주는지 알아내어 두 생활이 보다 조화를 이룰 수 있게 노력하고자 하는 마음을 의미한다. 근본적으로, 이러한 노력과 더불어 우리 인간은 모두 보다 고귀한 실체와 관계를 맺고 있다는 인식을 통틀어 '영적이다' 라고 표현한다. 우리는 정신 생활 때문에 영적 존재가 되는 것은 아니다. 또 영적이라는 것은 물질을 거부하는 것과는 무관하다. 그보다는 이 두 가지가 또 다른 요소인 성스러운 실체와 조화를 이룰 때 우리는 영적인 존재가 될 수 있다. 전통적으로 '3'이라는 숫자가 그처럼 중요한 위치를 차지하고 있다는 것은 놀라운 일이 아니다!

따라서 적당한 장소를 물색하고 있다면, 우선 당신이 지금 있는 그곳은 어떤지 스스로에게 물어 본다. 만약 익숙한 곳에서 벗어나고 싶다고 느낀다면, 그것은 당신이 영혼을 위한 휴식을 원하는 것이 아니라 도망칠 곳을 찾고 있기 때문일 수 있다. 물론 할일이 끊이지 않는 가정은 기도나 명상을 하기에 좋은 장소는 아니다. 그러나 다른 장소를 찾아갈 준비를 하고 있다면, 평화로운 가운데 떠날 수 있도록 만반의 준비를 해 두어야 한다. 만약 배우자나 가족들이 당신이 집을 떠나는 것에 대해 화를 내거나 가정 내외 분위기가 협조적이지 못하다면,

당신이 다른 무언가에 진지하게 집중한다는 것은 불가능하다.

두 번째로, 지금 당장 좋은 장소를 찾으려는 생각을 버려야 한다. 그보다는 가능성에 대해서 조사해 본다. 운이 좋다면 손님을 위해 준비해 놓은 예비 침실과 같이 가정 내에서도 훌륭한 장소를 찾을 수 있다. 또는 집 근처에 예배 시간을 제외하고는 일반인에게 개방하는 교회가 있거나, 아니면 정원 안의 헛간이나 공원과 같이 마음에 드는 장소를 발견할 수 있을 것이다. 사찰이나 수도원 또는 명상센터와 같이 종교와 관련이 있는 장소를 알고 있다면, 하루나 이틀 정도 그곳에서 시간을 보낼 수 있는지 문의해 본다. 이처럼 모든 가능성을 점쳐 본다. 개중에는 잘 알려진 성지 근처의 작은 호텔이나 수도원 안에 거처를 정함으로써 전통을 단순히 흉내 내는 것이 아니라 충실하게 실천하고 싶어 하는 사람들도 있다. 중요한 점은 당신이 있는 위치나 당신이 처한 상황이 영적인 욕구에 도움이 되어야 하며 그것을 방해해서는 안 된다는 점이다.

# 영혼을 위한 센터 답사

처음으로 명상센터나 사찰 또는 수도원을 방문한다면 다소 걱정이 될 수도 있다. 그러나 그렇게 걱정하지 않아도 된다. 언제든지 영혼을 위한 휴가를 실천할 수 있게 해줌으로써 외부세계를 위한 오아시스 역할을 하는 곳이 많이 있다. 초보자들을 위해 활동과 워크숍 그리고 시설을 제공하는 곳이 있는가 하면, 일부에서는 특정 단체나 주제에 따라 며칠 동안 조용히 보낼 수 있는 장소를 제공해 준다. 만약 이러한 것들이 마음에 들지 않는다면, 하루나 며칠 정도 그곳에서 조용히 보낼 수 있는지 문의를 해본다. 대부분의 장소에서는 이러한 호의를 베풀면서 정해진 요금을 받거나

기부를 권하기도 한다.

제일 먼저 안내 책자를 보내달라고 전화를 하거나 편지를 쓰는 것부터 시작한다. 안내 책자에서는 해당 센터의 특징과 소명에 대한 설명과 함께, 식사시간과 예배 시간과 같은 하루 일과를 알 수 있다. 가장 널리 보급되어 있는 기독교 센터나 불교 센터들은 아침 일찍부터(보통 기상 시간보다 조금 더 이른 시간) 기도나 명상으로 시작해서 늦은 밤 마침 기도까지 중간에 여러 차례 기도 시간을 준비해 놓고 있다. 대부분 기도 시간에 참가하는 것은 개인의 선택 사항이지만, 그곳 생활을 제대로 체험하고자 한다면 최소한 한 번 정도는 정해진 일과를 그대로 따라 해야 한다. '지도자'라고 해서 영적 안내자나 선생님이 있는 곳도 많다. 때때로 예배가 명상 생활의 중심이 되는 경우가 많으므로, 너무 일정이 빡빡하지 않은 곳을 선택하고 싶을 때도 있다. 지금 당장 자신에게 꼭 맞는 장소를 찾는 것을 기대해서는 안 되며, 자신이 찾고자 하는 것을 얻기 위해 외국이나 먼 곳을 찾아가야 한다고 생각할 필요도 없다.

나는 어떤 곳을 처음 방문할 때면 항상 그곳의 역사에 많은 관심을 보였다. 여러분 역시 그러기를 감히 희망한다. 센터가 위치하고 있는 지역과 이웃은 물론이고 정원과 건물 이곳저곳을 조사해 보는 것도 좋다. 그것은 심판관의 시각에서 그곳을 평가하려는 것이 아니라 과연 그곳이 나에게 적합한 장소인가를 알아보기 위한 과정이다. 그리고 무엇보다도 당신이 그곳에서 편안하게 지낼 수 있는지, 또는 당신의 마음을 불편하게 만드는 것은 없는지 조사를 해본다.

# 나만의 비밀 휴식처 만들기

특별히 갈 데가 없는 경우나 또는 근처에 적당한 곳을 찾지 못한 관계로 나만의 휴식처를 직접 만들고 싶은 경우가 있다. 이럴 경우 집 안의 어떤 방, 또는 방 안의 어떤 자리, 또는 정원 안의 비밀 장소 혹은 정원 전체가 나의 비밀 휴식처가 될 수 있다.

대부분의 안내 책자를 보면 기도나 휴식을 위한 공간은 소박하고 간소해야 한다고 되어 있다. 영혼을 위한 휴가를 전문적으로 다루는 곳에 있는 방들은 대부분 삭막하다 싶을 정도로 간소한데, 침대와 옷장, 책상과 의자 정도의 가구에다 그곳의 전통을 보여 주는 상징물이나 그림이 전부이다. 그렇다고 해서 당신만의 휴식의 장소 역시 이와 같아야 할 필요는 없다. 중요한 것은 과연 그것이 당신이 원하는 것과 일치하는가 하는 점이다. 물론 당신 역시 내적 평정을 방해하는 산만한 물건들로 비밀 휴식처가 꽉 차기를 바라지 않을 것이며, 과연 어떤 것이 최고의 휴식처인가 하는 것은 지극히 개인적인 문제이다. 동양에서 기독교 교회를 이끄는 영적 지도자들의 방이 화려한 색채와 천으로 치장되어 있는 것을 볼 때면, 서양의 영적 지도자들의 텅 빈 기도실과 비교되어 늘 놀라곤 한다. 같은 불교이지만 서로 다른 전통을 유지해 오고 있는 교파들 역시 이와 같아서, 남방의 소승불교는 단순하고 간소한 양식을 추구하는 반면, 티베트와 북방 지역은 강렬하고 화려한 것을 추구한다.

## 실습

●●● 자신만의 휴식처를 만들고 있다면, 가구나 꾸미기 등을 자유롭게 시도해 본다. 그러나 영혼을 위한 휴가라는 개념은 움직임과 관련이 있음을 명심하고 여행을 떠나는 데 가장 필요한 것이 무엇인가 생

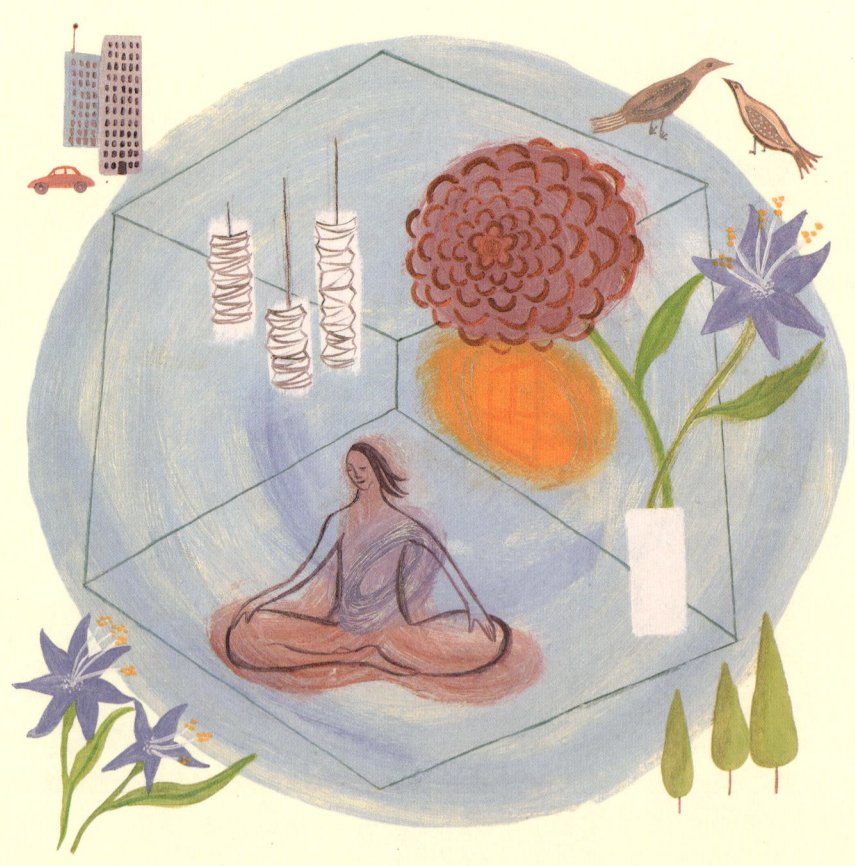

각해 보는 것이 바람직하다. 필요 이상(또는 이하)의
것을 준비해서는 안 된다. 도중에 길을 잃거나 또
는 포기할 때를 대비해 많은 물건을 준비해서는 안
된다. 당신은 여행을 하고 있다는 사실을 잊지 않기 위해
다소 낯선 장소를 선택해서 긴장감을 유지할 수 있도록 노
력하라. 내가 휴가를 떠나는 곳에는 고대 환상 열석을 그린 커다란 그
림이 걸려 있는데, 그림을 볼 때마다 나는 항상 모험심과 신비감을 느
끼며 일상의 걱정에서 빨리 벗어날 수 있다.

●●● 영혼을 위한 휴식처는 당신의 상상에 따라 달라질 수 있다는 것
을 명심하라. 다시 말해서, 공원이나 시골 또는 도시 안의 어느 한 장
소이거나 산책길이 될 수도 있다.

# 바쁜 일상 중에 휴가 계획 세우기

따로 시간을 내는 것은 어려운 일이다. 그러나 몇 가지 간단한 표가 영혼을 위한 휴가 계획을 세우는 데 도움을 줄 수 있다.

**실습**

●●● 우선, 하루가 어떻게 지나가는지 생각해 본다. 그런 다음 커다란 종이를 준비해서 아침에 제일 먼저 하는 일부터 잠자리에 들기 전까지 하루 일과를 표로 정리한다. 특정 활동을 하는 데 든 시간을 계산하여 옆에 기록한다.

●●● 잠시 하던 일을 멈추고 특정한 날을 선택한 이유에 대해 곰곰이 생각해 본다. 보통 우리의 일상은 주중과 주말, 그리고 휴가, 이렇게 세 종류로 나눌 수 있다. 그 가운데 '평범한 날'에 대해 설명하라고 하면 보통 근무를 하는 주중을 선택하게 되는데, 유감스럽게도 다른 날들보다 근무일이 많은 것이 사실이다.

●●● 이번에는 주말과 휴가를 어떻게 보내는지 표로 작성해 본다.

●●● 휴가를 떠올리면 어떤 날이 생각나는가? 주중인가 아니면 주말
인가?

●●● 이제는 당신이 꿈꾸고 있는 하루는 어떤 모습인지 종이에 적어
본다. 다른 사람의 시선은 의식할 필요가 없으므로, 오후가 다 되어
잠자리에서 일어난다고 해도 상관없다! 아마도 당신이 꿈꾸는 하루
는 휴일의 모습과 흡사할 것이며, 특히 혼자 살거나 다른 사람들에 대
해 책임을 지지 않아도 되는 경우에는 더욱 그러할 것이다. 예정에 없
던 손님이나 장보기 등은 무시한 채 정말로 당신이 바라는 것을 적어
본다. 내가 아침형 인간인가 아닌가는 본인이 가장 잘 알고 있을 것이
며, 과연 내가 능력을 최대한으로 발휘하는 때가 밤인가 아침인가, 아
니면 또 다른 때인가 하는 문제도 본인이 가장 잘 파악하고 있을 것이

다. 24시간 쉬지 않고 돌아가는 사회에 살고 있는 우리는 어떤 전형적인 방식대로 행동해야 한다는 제약으로부터 비교적 자유롭다. 간단히 말하면, 당신은 더 이상 늦게 일어나는 것에 대해 죄의식을 느끼지 않아도 되며, 일찍 일어나는 것이 최선이라는 옛 속담을 꼭 따르지 않아도 된다.

●●● 자, 지금까지 만든 표를 모두 치우고, 당신이 효과를 볼 수 있는 자신만의 계획을 세운다. 영혼을 위한 휴가는 이래야 한다는 식의 선입견을 버리고 항상 균형을 염두에 둔다. 식사와 취침, 휴식 그리고 적당한 노동이 지켜질 수 있도록 시간을 배분한다. 해진 곳을 간단하게 수선하거나 찰흙 모형 만들기, 그리고 조각 그림 맞추기와 같은 적당한 활동들이 긴장을 푸는 데 도움이 된다. 자신의 일상생활이 전혀 의미가 없다고 느낀다면 과감하게 변화를 시도하라.

# 나에게 적합한 계획 세우기

**전형적인 명상의 집 일정표** : 시작 시간만 표기

아침

| | |
|---|---|
| 오전 7:30 | 아침 워크숍 |
| 오전 8:00 | 아침 식사 |
| 오전 10:00 | 대화 나누기 또는 회의 |
| 오전 10:30 | 개인 명상 |

점심 / 저녁

| | |
|---|---|
| 오후 12:15 | 정오 워크숍 |
| 오후 1:00 | 점심 식사 |
| 오후 2:00 | 자유 시간 |
| 오후 4:30 | 대화 나누기 또는 회의 |
| 오후 5:00 | 개인 명상 |
| 오후 6:30 | 저녁 워크숍 |
| 오후 7:00 | 저녁 식사 |
| 오후 8:15 | 대화 나누기 또는 회의 |
| 오후 9:30 | 야간 워크숍 |

**개인 시간표** : 시작 시간만 표기

아침

| | |
|---|---|
| 오전 8:15 | 침묵 |
| 오전 8:30 | 아침 식사 |
| 오전 9:30 | 경전 읽기 및 기도 |
| 오전 10:00 | 명상 |
| 오전 11:00 | 휴식 |
| 오전 11:30 | 명상 |

오후 / 저녁

| | |
|---|---|
| 오후 12:15 | 식사 / 청소 준비 |
| 오후 1:00 | 점심 식사 |
| 오후 2:00 | 휴식 / 산책 |
| 오후 5:00 | 경전 읽기 및 기도 |
| 오후 6:00 | 식사 / 청소 준비 |
| 오후 7:00 | 저녁 식사 |
| 오후 8:15 | 하루 일과 정리 / 다음날 준비 |
| 오후 9:00 | 마침 기도 |

# 올바른 안내

친구가 처참하게 죽어 가는 모습을 보고 서둘러 도시를 떠나기로 한 두 젊은
이가 있었다. 그들은 충격과 깊은 슬픔에 싸여 있었다. 자신들도 안전한 상태
가 아니라고 느낀 그들은 도대체 무슨 일이 일어난 것인지 따져볼 틈도 없이
우선 그곳에서 몸을 피하기로 했다. 아마 우리도 그러한 고통과 혼돈에 휩싸
이게 되었더라면 그들과 똑같이 행동했을 것이다. 그러나 그들은 사건을 깨
끗이 잊어버리지 못했고, 공포에 사로잡힌 그들의 대화는 계속 그 사건 주위
를 맴돌고 있었다.


그러던 중 그들은 정체를 알 수 없는 나그네와 동행을 하게 되었고,
나그네는 그들에게 불안해 하는 이유를 물었다. 그가 자신들의 고통
을 함께 나누어 가질 수 없을 거라는 생각에 두 젊은이는 당황했지만,
나그네는 다른 사람의 이야기를 들어주는 능력이 탁월했다. 결국 젊
은이들은 자신들이 겪었던 사건과 그로 인해 느끼게 된 감정을 있는
그대로 털어놓았다. 젊은이들의 이야기를 듣고 있던 나그네는 사건을
자세히 풀어서 설명해 주었고, 젊은이들은 그때야 비로소 자신들이

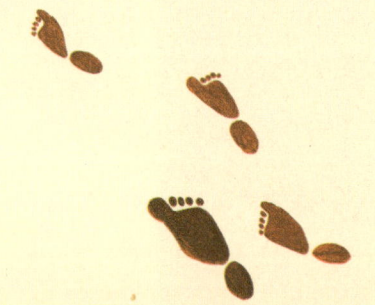

목격했던 끔찍한 사건의 의미를 이해하기 시작한다. 이렇게 나그네로부터 도움을 받은 젊은이들은 다른 곳을 향해 출발하려고 하는 나그네에게 자신들과 함께 있어줄 것을 부탁했다. 나그네와 함께 식사를 하면서 시간을 보낸 젊은이들은 마침내 처음의 계획을 포기하고 다시 도시로 돌아가기로 마음을 정한다. 도시를 떠나겠다는 처음의 결정은 잘못된 판단이라고 생각했던 것이다.

　기독교인이라면 이 글이 부활하신 예수께서 엠마우스로 가는 길에서 사도들을 만난 이야기임을 눈치 챌 것이다. 이 이야기는 영적 가르침 또는 안내를 위해 자주 언급되는 소재들 가운데 하나이다. 나그네는 자신의 존재를 드러내지 않는 가운데 젊은이들과 나란히 걸어가는

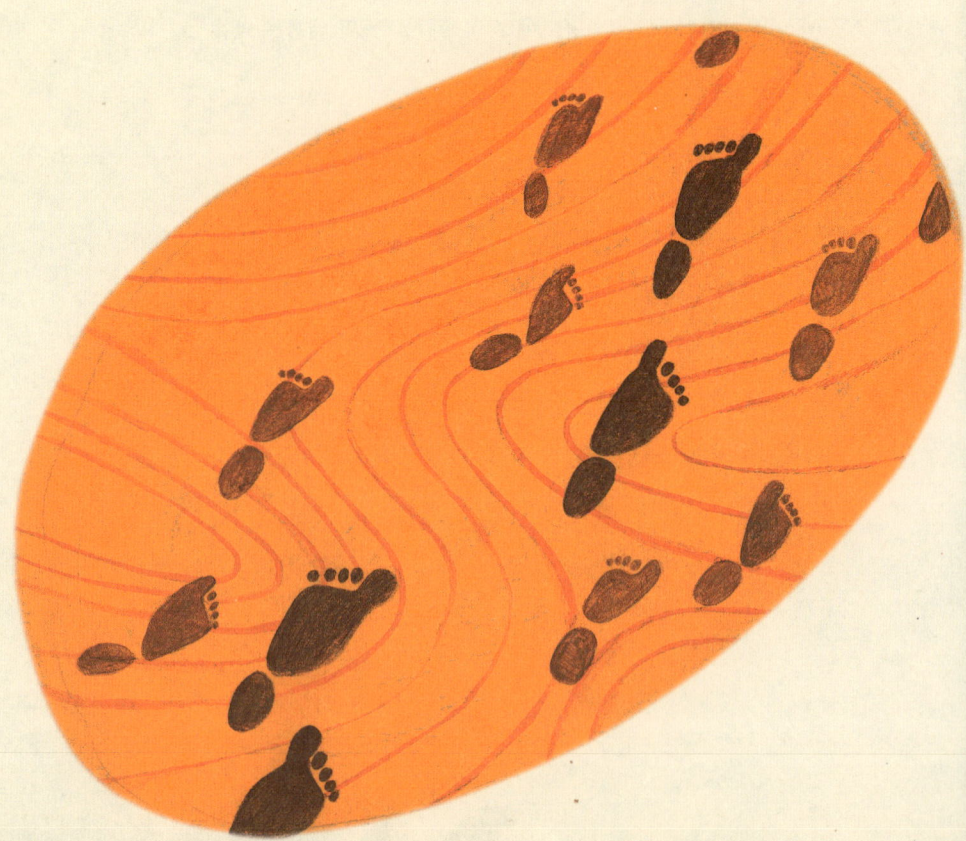

안내자의 표본이다. 그는 말하기보다 다른 사람들의 이야기를 듣는 일에 더 열심이다. 그는 그들의 고통을 심각하게 받아들임으로써 그들과 함께 아파하지만, 그 사건에는 고통을 주는 것보다 더 큰 의미가 내포되어 있음을 설명해 준다.

한편 개인이 받는 고통을 너무 부각시켜서는 안 된다. 여기서 중요한 점은, 그들은 영적 삶의 위기를 맞이하게 되었음에도 그것에서 벗어나는 방법을 모르고 있다는 점이다. 나그네는 바로 그들이 스스로 길을 찾아갈 수 있도록 옆에서 도와주는 역할을 한다.

위기라는 단어는 원래는 어떤 행동을 취할 것인가 말 것인가에 대해 판단을 내려야 하는 위급한 상황을 의미하지만, 여기서는 일종의 재앙에 더 가깝다. 우리가 영적 생활을 신가하게 받아들이려는 결심은 일종의 위기이며, 그런 상황에서 우리는 안내자가 필요하다고 느낀다. 물론 가장 중요한 안내자는 우리 안에서 힘을 발휘하는 영혼 그 자체이지만, 때로는 우리에게 말을 걸어 줄 '낯선 이'가 필요한 순간이 있다.

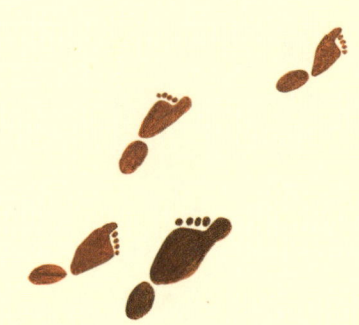

# 영적 안내자 선택하기

일부 명상센터에서는 참가자들에게 그들이 그곳에 머무는 동안 안내자를 배치해 주는 '개인 안내자' 방식을 채택하고 있다. 많은 안내자들은 자신들을 '동반자'로 불러 주기를 바라는데, 이는 그들이 참가자들이 따라할 프로그램을 정해 주는 것이 아니라 각자 영혼의 명령에 따라 응답할 수 있도록 도와준다는 점을 강조하기 위함이다.

어떤 명상센터에서는 참가자 전체가 대화를 나눈다. 이러한 대화들 중에는 미리 특정 주제를 광고하는 경우도 종종 있다. 비록 연사가 참가하는 소그룹 모임이 준비되어 있다고 하더라도, 전체 모임이 영혼을 위한 휴식에 반드시 필요한 것은 아니며 이것은 결국 보다 친밀한 관계를 바탕으로 하는 안내보다는 일반적인 영적 충고나 토론의 장소가 되기 쉽다.

영적 스승 안에서 자신이 무엇을 찾고 있는지 정확히 이해하는 것이 필요하다. 당신 자신에 대한 지극히 개인적인 정보를 나눌 준비가 되어 있는가? 안내자가 당신의 고백을 비밀로 지켜줄 것을 확신하고

있는가? 엄격한 비밀유지 규칙을 그가 충실히 지킬 것인가?

학생이 마음의 준비를 마치면 스승이 나타날 거라고 믿는 사람들이 많다. 물론 학생들이 스승을 찾을 수는 있지만, 그렇다고 스승이 모습을 드러내는 것은 아니다. 영적 안내자 역시 그러한 역할을 수행하려고 시도하려는 사람이 아니라, 어쩌다 보니 그러한 역할을 하도록 추천과 인정을 받은 이를 말한다. 진정한 영적 안내자들은 스스로를 배울 것이 아주 많은 대화 상대로 생각한다.

따라서 영적 안내자를 찾는 일에 관심을 가져야 한다. 그들에게 다가가기 전에 당신이 속한 단체의 다른 회원들에게 조언을 구하거나 다른 스승들을 찾아가 그들의 말을 경청해야 한다. 인내심을 잃지 말아야 하며, 항상 자신의 마음이 바뀔 수 있다는 사실을 명심해야 한다.

진정한 안내자는 언제나 명상을 시작하기 전 예비 모임을 통해 과연 서로가 마음이 통하는지 결정하는 시간을 갖고 또, 절대 복종을 기대하지 않는다.

# 자신만을 위한 영적 휴가

누구도 스스로를 영적으로 안내할 수 없다는 강경한 입장을 고수하는 종교들이 많다. 늘 숙련된 안내자가 필요하다는 것이다. 그러나 정평이 나 있는 몇 몇 서적들에서는 영적 수행에 참가했던 이들이 많은 경험을 쌓기 전에 다른 이들을 위해 먼저 자신의 안내자가 되라고 추천하는 것을 볼 수 있다.

안내자들이 가진 '지식'을 다른 사람에게 전달하는 것은 그들이 모두 같은 길을 가고 있는 나그네들이기 때문이라는 것이 바로 이러한 책들의 설명이다. 은밀한 비법이라고 할 수 있는 이러한 지식은 마음 깊

이 새기며 함께 나누는, 살아 있는 체험에 해당한다. 영혼의 충만함을 맛보는 순간 당신은 그것을 다른 사람들에게 전하지 않을 수 없게 된다. 그러나 그러기 전에 혼자서 음미하고 싶어 할 것이다.

이렇게 해서 스스로가 안내자가 되는, 영혼을 위한 휴가가 널리 알려지게 되었다. 혼자서 생전 처음 가보는 곳을 찾아갈 필요도 없이 이미 당신이 가본 적이 있는 곳을 나타내는 지도를 모으면 된다. 단순히 어떤 장소를 간단하게 표시해 놓은 약도에 불과한 경우도 있지만, 그러나 그 약도는 완성되는 순간부터 한 번도 그곳에 가본 적이 없는 이들에게는 중요한 자료가 된다. 시간이 지나면서 약도는 자세한 지도로 변하게 되고, 그렇게 해서 더욱 귀중한 자료가 탄생하게 된다. 그런 다음 전에 그곳에 가본 적이 있는 사람과 당신을 따르고자 하는 이들의 지도와 당신의 지도를 비교해 볼 수 있다. 영적 여행길에서 당신이 그들보다 많이 앞서 있다는 확신이 서지 않을 수도 있지만, 그렇다고 자신감을 잃어서는 안 된다. 영적 성장은 개인이 노력해서 얻을 수 있는 결과가 아니라 은혜이고 가피라는 사실을 항상 명심해야 한다.

그런 다음 제일 먼저 당신의 삶 속에서 성스러움의 흔적을 찾아보는 작업을 시작한다. 20분 정도 시간을 내서 당신의 영적 체험들을 되짚어 본다.

**실습**

••• 각 시기별로 경험했던 일들을 떠올리면서 그동안의 삶을 되돌아본다. 먼저 영아기와 학교에 입학하기 전 단계인 유아기부터 시작한다. 부모님으로부터 받았던 사랑과 보살핌에 대해 감사하는 마음을 갖는다.

••• 처음으로 혼자 있었던 때를 떠올려 본다. 그 시간이 즐거웠는가 아니면 무서웠는가?

••• 위대한 실체가 당신의 삶을 어루만지고 있다는 느낌을 처음으로 받게 뒤 때가 언제인가? 그때의 기억과 떠오르는 이미지를 놓치지 않도록 노력하라.

••• 준비가 되었다면 다시 현실로 돌아와서 당신이 체험한 내용을 단어나 이미지를 통해 일기로 남긴다.

••• 위의 과정을 반복함으로써 현재까지의 삶의 체험들을 모두 기록한다.

# 3부

# 영혼을 위한 휴가 떠나기

# 영혼을 위한 휴가의 장점

마치 쇼핑을 하거나 영화를 보러 가듯이 영혼을 위한 휴가를 떠나는 사람은 없을 것이다. 육체가 휴식을 원하는 것처럼 영혼의 힘에 이끌려 휴가를 떠나게 된다. 다만 다른 점이 있다면 우리의 육체는 노쇠하여 없어질 운명을 안고 있으며, 피곤과 탈진을 통해 우리는 끊임없이 그러한 사실을 확인하게 된다는 점이다. 그러나 영혼은 영원을 우리에게 약속한다. 우리 안의 영혼은 계속 자라서 우리를 가득 채울 수 있기를 간절히 원한다. 그러나 세속적인 일들에 대한 강박관념과 세속적인 목표가 우리의 진정한 소명이라는 잘못된 믿음으로 인해 우리의 영혼은 계속해서 좌절을 경험한다.

영적 가치를 중요하게 생각하는 문화에서는 한 인간 안에는 인간적인 영혼과 성스러운 영혼이 모두 존재하며, 둘 사이에는 밀접한 관계가 존재한다고 생각한다. 그 둘의 관계에서는 성스러운 영혼이 '더 높은 위치'를 차지하고 있으며, 주도권을 쥔 채 계속해서 우리보다 훨씬 위대한 무언가를 향해 우리를 몰아가고 있다. 이것은 모습을 잘 드러내지 않는 보다 위대한 실체 — 힌두교와 불교에서 이슬방울 안에 감추어져 있는 거대한 대양의 이미지처럼 — 나, 아브라함 전통에서와 같이 자신의 창조물과 인간적으로 최대한 깊은 관계를 맺으려 하는 특정 신에게서 볼 수 있는 관계이다. 우리와 성스러운 영혼을 구별하는 차이점은 바로, 우리는 시간 안에 살고 있는 존재로 영원함을 얻을 수 없다는 것이다. 때가 지남에 따라 영혼은 우리에게 초월적인 것을 경험하게 해 주려고 한다. 정말로 영혼을 위한 휴가는 일상생활에서 천국을 맛보게 하려는 권유임에 틀림이 없다.

영혼을 위한 휴가를 떠나는 사람들은 당연히 빠른 시일 안에 그들이 선택한 휴가의 결과가 나타나기를 희망한다. 물론, 이 휴가는 휴식을 통해 독서와 사색을 하게 해 주고, 변화나 결정을 내릴 수 있는 마음의 준비를 하게 해 준다. 그러나 영혼을 위한 휴가가 단순한 휴가와 다른 점은 우리가 아무리 이런저런 활동에 집중한다고 하더라도 실제로는 다른 어떤 것이 행해지고 있다는 점이다. 우리는 정리와 조정 과정을 통해 현재의 자신이나 지구상의 그 어떤 사람보다 더욱 강력한 힘을 가진 존재와 조화를 이루게 된다. 뿐만 아니라, 우리의 작은 걱정거리들을 소홀하게 대하는 것이 아니라, 이 세계를 위한 성스러운

계획에 포함시킴으로써 힘을 지닌 미래의 도구로 탄생하게 만든다.

　우리가 미래를 받아들이려는 편견 없는 마음으로 휴가를 떠날 때, 또는 신의 의지를 받아들이겠다는 마음을 가질 때, 이 휴가는 진정으로 영적인 체험이 된다. 비록 아주 작은 부분이라도 변화할 수 있기를 기대하라. 영혼을 위한 휴가를 떠날 수 있는 그 자체가 마음을 여는 삶의 시작임을 받아들여라.

# 영혼을 위한 휴가를 떠나기 위한 준비

외경심을 가지고 휴가를 준비하라. 당신이 앞으로 하고자 하는 일은 당신 자신만을 위한 것이 아니라 이 세계를 위한 일이다! 당신에게는 지금 물리적 실체의 특징인 부패와 망각이 아니라, 영혼의 질서에 따라 이 세계를 재편성하는 일에 참가할 수 있는 기회가 주어졌다. 그러나 당신의 어깨에 올려진 책임감 때문에 겁을 먹을 필요는 없다! 당신에게 주어진 일은 아주 중요한 일이기는 하지만, 작은 일부분에 불과하다. 우주의 변형은 사소한 변화와 함께 시작된다. 시계 수리공이나 피아노 조율사가 세심하게 기계를 고치는 모습을 상상해 보라. 또 그들의 자그마한 노력이 없었다면 시계나 악기는 쓸모없는 물건으로 전락해 버린다는 사실도 잊지 말아야 한다.

따라서 떠날 준비가 되었거나 당신이 만든 비밀 휴식처에 들어갈 준비를 할 때, 당신이 하는 사소한 준비들에 따라 앞으로의 결과가 달라진다는 사실을 명심하라. 이 휴가가 충만한 깨달음의 시간이 되기를 원한다면, 외부 현실이 서로 충돌하지 않게 해야 한다. 다시 말해서 말 그대로 동료들이 당신을 찾거나 또는 마음속으로 아직 해결이 안된 일들 때문에 정신 집중을 하지 못하는 경우를 사전에 막아야 한다. 개인적 문제와 사회적 문제의 경우도 마찬가지이다. 영혼을 위한 휴가란 자신을 책임지는 것을 뜻하며, 그것을 시작하기 전에 이미 실천에 옮겨야 한다.

초보자들 중에는 무엇을 가져가야 하는지 또 명상센터에서는 무엇을 입어야 하는가에 대해 걱정하는 사람들이 많다. 사실 이런 것들을 결코 무시해서는 안 된다. 왜냐하면 이런 것들은 우리가 영혼과 직면

했을 때 과연 무엇을 필요로 할 것이며, 또 어떤 모습으로 보여질 것인가에 대한 깊은 우려와 일맥상통하기 때문이다. 첫 번째 질문에 대한 대답은 "최소한의 것만 가져가라"이고, 두 번째 질문에 대한 대답은 "어떤 옷을 입든지 상관없다"이다. 이 문제는 책의 후반부에서 자세히 다루겠다.

영혼을 위한 휴가는 시간의 은택이기 때문에, 그것을 준비하기 위한 최선의 방법은 바로 시간을 갖고 준비하는 것이다. 영혼을 위한 휴가를 떠나려는 사람이라면 벌써 몇 주 전에 그러한 계획을 세워 놓았을 것이다. 따라서 그 시간 동안 당신이 내렸던 결정들을 되돌아보고 모든 일상생활이 제대로 돌아갈 수 있도록 신경을 씀으로써 일상의 걱정거리들을 안고 휴가를 떠나는 일이 없도록 준비해야 한다. 짧은 기간 동안 혼자서 생활하는 연습을 해보도록 하는데, 전화기를 꺼두는 일에 익숙해지도록 노력하고, 그동안 살아왔던 삶의 방향을 되돌아보고 미래에 대해 생각하는 시간을 갖는다. 간단하게 말해서, 제일 먼저 당신을 초대해 준 영혼의 부름에 귀를 기울이는 일부터 시작하라.

# 영혼을 위한 휴가를 떠나기 전의 점검 사항

앞에서 언급하였듯이, 집을 떠나 있을 것을 대비해서 일상생활이 제대로 돌아갈 수 있도록 만반의 준비를 해두어야 한다. 당신의 소식을 궁금해 할 사람들에게 당신이 잠시 집을 떠나 있을 것이며 돌아오는 대로 곧 연락을 할 것임을 미리 알려서 그들을 안심시켜야 한다.

**실습**

●●●  당신이 특별히 필요로 하는 것이나 요구 사항(식이 용법 등)들을 말해 주어야 한다. 또 타월이나 비누와 같이 명상의 집에게 제공하는 물건은 어떤 것이 있고, 스스로 준비해야 하는 물건은 무엇인지 안내지를 꼼꼼하게 확인한다. 명상의 집은 아주 소박한 곳이기 때문에 필요한 물건이 없어서 아쉽거나 준비해 가는 것을 잊어버려 화를 내는 일이 없도록 미리미리 챙긴다.

●●●  명상의 집이 위치한 지역의 날씨를 미리 확인하여 필요한 옷들과 신발들을 챙겨 간다.

●●●  쓰던 물건이나 그림들이 명상의 집에서의 생활에 도움을 줄 수

있다. 영혼을 위한 휴가를 떠나왔다고 해서 생활을 저버린다거나 이 세계에 대한 상징적인 거부를 의미하는 것이 아니므로, 일상생활을 떠올리며 다시 그 일상으로 돌아가려는 행복한 계획을 상기시키는 물건들을 가져가는 것은 충분히 그럴 만한 이유가 있다. 특별히 구입한 '성스러운' 기념품보다 그러한 물건들이 훨씬 가치가 있다.

●●● 대부분의 안내자들은 영혼을 위한 휴식을 취하는 데 도움을 줄 수 있는 종교 서적 외에는 책을 가져오지 말라고 조언한다. 그러나 나처럼 읽을 책도 없이 어떤 곳에 처박혀 있다는 생각만으로도 질리는 사람들은 충분히 생각한 다음 선택하도록 한다. 실제 목표를 망각하

게 만드는 물건을 가져가지 않는 것이 중요한데, 예를 들면 소설보다는 시가 더 바람직하다. 다른 종교 서적을 가져가는 것도 다시 생각해 보아야 할 문제로, 그런 책들은 영혼의 움직임에 대한 당신의 선입견과 어떻게 살 것인가에 관한 문제에 혼선을 가져올 수 있기 때문이다. 자신이 떠나온 실제 목표를 잊어버리지 않는 한도 내에서 그런 책에 심취할 수 있기를 바란다.

●●● 한편, 그곳에서의 생활을 기록할 수 있는 노트를 반드시 가져가는 것이 좋다.

# 영혼을 위한 일기 쓰기

노트는 강력한 영적 도구이다. 그러므로 노트를 잘 선택해서 소중하게 다룬다는 것은 가치 있는 일이다. 아마도 겉표지가 얇고 작으며 진한 줄이 쳐져 있는 것보다는, 두꺼운 겉표지에 보통이거나 아니면 아주 희미하게 줄이 그어진 그런 노트가 더 좋을 것이다. 노트는 영혼과의 대화를 위해 필요한 것이므로, 노트를 쓸 때나 보관할 때 조심하고 아끼는 마음을 가져야 한다. 그리고 되도록이면 노트를 지니고 다니는 것이 좋으며, 어떤 과제나 활동을 끝낸 다음에는 재빨리 그 내용을 기록해야 한다.

## 실습
●●● 머릿속에 떠오르는 내용을 그대로 적는다. 단어나 문장이 될 수도 있고, 아이디어나 관점 또는 느낌을 적어도 좋다. 되도록 간단하고 정확하게 적어 두어야 하는데, 그래야만 시간이 한참 지난 다음에도 거의 모두 다 기억할 수 있다. 영혼을 위한 휴식은 유리문 위에 칠한 페인트를 벗겨 내는 것과 같아서, 벗겨진 위치마다 내리 쪼이는 햇빛의 강도가 다를 수 있다.

●●● 단체 활동에서나 개인적으로 받은 안내 내용을 기록해 둔다. 그러나 마치 강의를 듣거나 공부를 하는 것처럼 들은 것을 모두 적어서는 안 된다. 한 과정이 끝난 다음 기록을 하는 것이 좋은데, 왜냐하면 어느 정도 시간이 지난 다음에 기억나는 것이 정말로 당신에게 의미 있는 것이기 때문이다.

●●● 노트는 그날 있었던 내용을 기록하기 위한 일지가 아니라, 자신의 행동을 되돌아볼 수 있는 일기장으로 활용한다. 아침에 무엇을 먹

었는가 하는 사실은 그것이 어떤 생각이나 느낌을 가지게 만드는 계기가 되지 않는다면 조금도 중요하지 않다. 이상하거나 어울리지 않다고 느끼는 것에 항상 주의를 기울이며, 편안함과 평화로움을 선사하는 특별한 경험이나 또는 불행과 슬픔을 가져다주는 경험에 주목하라.

●●● 일기는 반드시 글이 아니어도 좋다. 어떤 사람들은 그림이나 기호로 자신을 더 잘 표현할 수 있다. 자신은 특별한 재능이 없다고 생각하지 말고 새로운 방법을 모색함으로써 감동을 준 무언가를 헛되게 버리지 말아야 한다.

●●● 가장 중요한 것은, 책은 하나의 도구일 뿐 죽은 생각을 기록해두는 것이 되어서는 안 된다. 하루를 마감하기에 앞서, 잠시 시간을 내서 일기를 훑어본 다음 새로운 느낌이나 반응을 추가한다. 마치 낯선 언어로 된 글을 읽거나 비밀 문자를 해독하는 것처럼 일기를 꼼꼼히 읽도록 노력한다. 당신의 귀에만 들리는 단어 뒤의 '의미'에 귀를 기울여야 한다.

# 영혼을 위한 휴가 중에 꼭 해야 할 일

어떻게 시간을 보낼 것인가 하는 문제는 어디에서 어떤 휴가를 즐기고 있는 가에 달려 있지만, 그래도 모든 변수들 가운데 손님을 대접하는 주인의 성의 를 진지하게 받아들이려는 사명감이 가장 커다란 비중을 차지한다. 손님들은 주인의 방식을 따르게 되며, 더 좋은 방법이 있다고 하더라도 그것을 바꾸려 고 하지 않는다. 게다가, 당신은 단순히 손님이 아니라 영혼을 위한 휴가를 떠나온 사람이다. 따라서 다른 사람들의 시중을 받기 위해 그곳에 있는 것이 아니며, 당신이 그곳에서 지내는 동안 가족의 일원이 되었을 때 훨씬 더 환영 을 받을 수 있다.


영혼을 위한 휴가는 호기심에서 비롯되어야 한다. 이것은 전혀 새로 운 경험으로, 지금까지와는 다른 삶, 특히 소박한 삶을 살도록 요구한 다. 모험심과 흥미가 많을수록 그만큼 영혼의 움직임을 받아들이기 쉬워진다.

또한 이 휴가를 당신이 읽거나 들을 수 있는 일종의 교재로 생각하 는 것도 한 방법이 될 수 있다. 침묵하는 동안, 당신은 대화, 예배, 안 내와 같은 직접적인 방법이나 또는 산책이나 명상에 대한 이해를 높이 는 것과 같은 간접적인 방법을 통해 당신에게 주어진 단어와 마음속으

로 대화를 나눌 수 있다. 영혼을 위한 휴가를 통해 모든 종류의 읽을
'교재'들을 얻게 된다면, 당신이 보일 수 있는 가장 적절하고 독창적
인 반응은 바로 그에 대한 보답으로 무언가를 만들어 내는 것이다.

　　러시아의 사제인 알렉산더 엘카니노브가 학생이었을 때 조지안 사

원에서 며칠을 보냈던 이야기(다른 사람들의 영적 휴가에 관한 이야기가 항상 신나는 읽을거리가 되는 것은 아니다.)는 지금까지 내가 들었던 이야기 가운데 가장 감동적이었다. 가장 충격적이었던 점은 젊은 학생이 수도원에 머무는 동안 한 일이라고는 수도승들의 생활을 그대로 따라한 것이 전부라는 부분이었다. 그는 예배에 참석하고(지루한 시간이었다고 기록하고 있다.), 근처에 있는 개울가에서 물을 길어 오는 것과 같은 일을 하고, 산책도 하고 집을 그리워하기도 했다. 그러나 그의 글을 읽으면 그곳은 물론 그가 한 일에 대해 강렬한 인상을 받게 된다. 짧은 기간 동안 머물면서 그가 진정으로 영혼을 위한 휴가를 체험할 수 있었던 것은, 그곳의 생활을 그대로 받아들이고 '그 흐름을 좇아가고자 했던 그의 의지' 때문이었던 것이다.

# 침묵 지키기

일상생활에서 경험했던 침묵의 순간들을 정확히 기억하려고 노력하라. 십중 팔구 동료들이 자리를 비운 휴식시간이거나 아니면 이른 아침이나 밤늦은 시간이었을 가능성이 크다. 직장에 가거나 학교에 가는 사람들이 목적지를 향해 떠나고 손님이나 방문객이 아직 모습을 드러내지 않은 때에는 조용한 시간을 가질 수 있다. 가만히 자신의 평범한 일상을 돌아보면서 그런 시간을 떠올려 본다. 그리고 다음날 그 순간을 잊지 않도록 마음속 깊이 새겨 둔다.

## 실습

●●●   후미진 정원이나 사람들이 다가갈 수 없는 한적한 건물과 같은 조용한 곳이 집 주위에 있는지 알아 둔다. 그리고 자주 그곳을 찾아가서 침묵이 어떤 것인지 경험해 본다.

●●●   조용한 장소를 찾아가 10분 정도 있으면서 진정한 침묵이 무엇인지 경험해 보도록 노력한다. 침묵을 방해하는 소리에는 어떤 것들이 있는가? 그것들은 흔히 볼 수 있는 냉온풍기나 자동차 소리와 같이 우리에게 친근한 소리들인가? 아니면 비행기 소음이나 새 떼들과 같이 어쩌다 들리는 소리인가?

자주 듣지 못하던 소리에 특히 관심을 가져 보라. 시간이 흐른 다음, 그때를 떠올리면서 단어나 그림을 이용해 다양한 소리를 표현하여 그곳의 소리 지도를 만든다.

●●● 완전한 침묵이 가능한 장소를 물색한다. 탁 트인 시골보다는 건물 내의 방음 장치가 된 곳이 더 적당하다. 그곳에서 얼마나 오랫동안 지낼 수 있는지 알아 본다. 침묵을 방해하는 생각들을 적어보는데, 특히 불안하게 만드는 걱정거리들을 기록한다. 왜 그 문제가 당신을 불안하게 만들었는지 그 이유를 받아들이도록 노력하라.

●●● 편안하고 익숙한 환경 속에서 조용한 시간을 갖는, '마음에서

우러난' 침묵을 할 수 있는 기회를 많이 만든다. 양초를 켜거나 조명을 약하게 함으로써 그 시간을 특별한 시간으로 만들어라. 그런 다음 과거에 경험했던 이와 비슷한 평화로운 시간을 떠올려 본다. 그러고 나서, 불안한 순간에 그때의 감동을 다시 떠올릴 수 있도록 그 순간을 기록해 놓는다.

••• 동료나 친구와 함께 한동안 아무 말 없이 시간을 보낸다면, 그것 또한 '마음에서 우러난' 침묵의 순간이 될 것이다. 어떤 부연 설명이나 비판 없이 당신의 경험을 함께 나눈다.

••• 상황이 좋지 않은 경우라면, 친구나 동료에게 당신이 침묵할 수 있도록 도와달라고 부탁한다. 그리고 번갈아 가면서 서로 약 10분 동안 책을 읽어 주도록 하는데, 전통적으로 수도원에서는 식사를 하는 동안 그렇게 해 오고 있다.

••• 하루에 일정 시간 동안 불필요한 말을 하지 않고 라디오나 텔레비전도 보지 않는 침묵의 시간을 갖겠다고 약속한다. 그리고 앞에서와 마찬가지로 시간이 지난 다음 당신의 체험을 다른 사람들과 나누고 일기에도 기록해 둔다.

# 내 영혼에 도움이 되는 책 읽기

침묵에 들어갈 때, 단순히 혼자서 있거나 시간만 낭비해서는 안 된다. 영혼에 도움이 되는 책들을 활용하는 것이 이러한 잘못을 피할 수 있는 좋은 방법으로, 예로부터 성스럽다고 인정받은 것이나 스스로 그렇다고 느낀 책들이 적합하다.

우리는 어떤 정보나 흥미를 위해서가 아니라, 그 너머에 있는 성스러운 목소리를 접하고자 이런 책들을 읽는다. 영혼을 위한 휴식을 취하는 것은 그 자체가 더 깊은 내면세계로 들어가서 의식을 개발하는 것이므로, 이런 책들을 읽을 때는 눈으로 그냥 활자들을 대충 훑고 지나가는 것이 아니라 단어에 귀를 기울이는 식이 되어야 한다.

## 실습

●●● 곰곰이 생각해 보고자 하는 책을 선택해서, 자기 앞에 편다.

●●● 몸과 마음을 차분히 한 다음 책 이면에 숨어 있는 존재와의 만남을 시도한다.

●●● 천천히 책을 읽어 내려가면서 옳다고 생각하는 부분에서 잠시 쉬었다 간다. 마치 존경하는 스승이나 안내자로부터 직접 현명한 충고를 듣고 있는 것처럼 책을 읽는다.

●●● 지성을 자극하는 말들보다는 영감을 불러일으키거나 영혼을 따뜻하게 하는 단어나 문장에 귀를 기울인다.

●●● 당신을 감동시키는 말들을 깊이 새기며 충분히 반복해서 읽은 후 다음 글로 넘어간다.

●●● 얼마나 많은 양을 읽었는가보다는 그 말들이 당신에게 직접 얘기한 것에 대해 감사하게 생각한다.

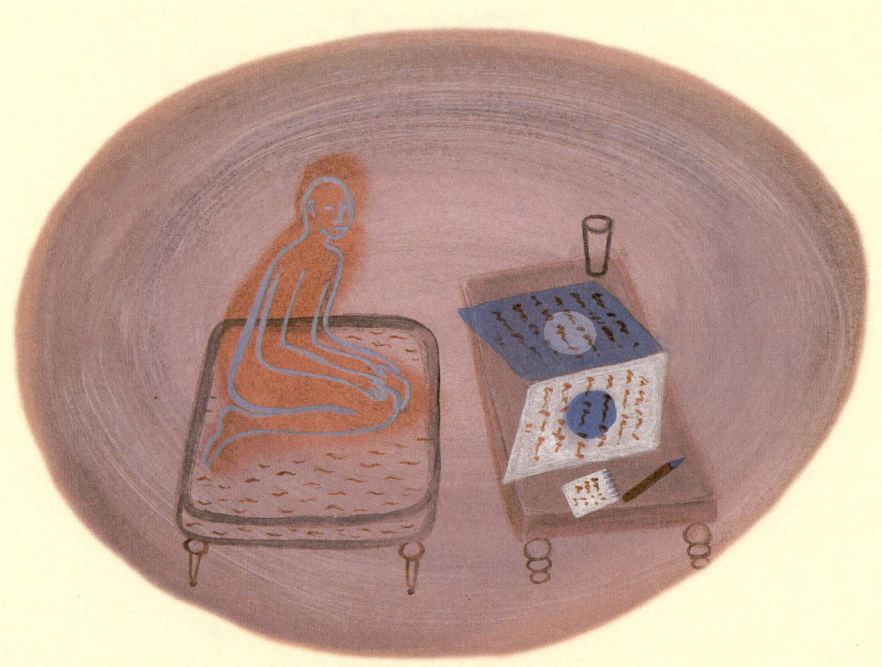

••• 하루를 마감하는 시간, 특히 잠자리에 들기 전에 강한 인상을 주었거나 여전히 감동적이라고 느껴지는 말들을 다시 떠올려 본다. 그런 다음 일기에 그 내용을 기록하는데, 이때 개인적인 느낌을 추가하는 것도 좋다.

이런 책들은 정보를 얻기 위한 것이 아니므로, 다른 문화의 전통을 경험하는 기회가 될 수 있다. 그러나 학식을 쌓기 위해 신중하게 선택한 책들보다는, 자연스럽게 만나게 되었거나 신념을 가지고 고른 것들이야말로 이 수련의 정신에 더 가깝다고 할 수 있다.

감동을 전해 주는 책들을 소중히 다루고 싶어질 때가 있다. 그 예로 기독교에서는 불빛이 환하게 밝히고 있는 성서대 위에 성경책을 펴놓는 경우가 종종 있다. 이슬람교에서는 작은 접이식 나무 스탠드 위에 코란을 올려놓고 기도를 하듯이 통독을 한다. 유대교에서는 예배당 안에 있는 신성한 궤 안에 유대교의 율법을 적은 두루마리를 보관하는데, 손가락으로 두루마리를 직접 만지는 대신 손가락 모양을 한 포인터를 따라 읽기도 한다.

# 성스러운 형상 떠올리기

신성한 전통의 중심이 되는 형상은 강력한 위력을 지니고 있으며 모든 종류의 의미를 지니고 있다. 역사적인 이유나 정치적인 이유에서 이런 형상들을 부정적인 시각으로 바라보는 비신자들에게도 이들은 어떤 의미를 연상시킨다.

신자들의 경우, 성스러운 형상들에 너무도 익숙해진 나머지 더 이상 권위와 보호를 느끼지 못하기도 한다. 그러기에 영혼을 위한 휴가를 떠나는 목적 중의 하나가 상징이 지니는 위력을 경험하는 영적 훈련을 통해서 상징이 의미하는 것의 일부를 혼자의 힘으로 깨닫기 위함이다.

기독교에서 성인을 그린 이콘(도상이라고 하며 종교나 신화에 있어 특정한 의미94를 지니고 제작된 미술품에 나타난 인물 또는 형상을 말함 — 역주)은 영원으로 들어가는 창문으로 불려 왔는데, 상당히 세분화된 형태를 통해 성스러움을 어렴풋이 경험할 수 있게 해 준다. 사실 이콘들은 실제 세계의 물건들을 표현하기보다는 다소 추상적일 때가 많다. 그리스정교의 이콘들은 대상을 현실적으로 묘사하기보다는 음악이 인간의 영혼을 흥분시킨 것처럼 신자들에게 감동을 전달하고자 한다.

티베트 불교 수행자들은 자신이 담고자 하는 부처의 선행의 이미지를 마음속에 그린다. 그들은 그러한 이미지와 하나가 된 자신의 모습을 상상함으로써 이미지가 나타내는 특징을 자신의 것으로 받아들인다.

모든 종교들이 공통적으로 받아들인 진실을 우리에게 전달하는 이미지를 대할 때, 우리는 가장 마음이 편안해진다.

대부분의 종교에서는 네 가지 기본 요소들이 종교적 바탕을 이루는 상징물로 받아들여지고 있는데, 일부의 경우는 좀 더 자세히 말하면 진실의 단면들로 받아들여지고 있다. 예를 들면, 물은 최초의 우주 혼돈과 치유, 그리고 전 세계 성인들의 생명력을 의미하는 데 사용된다. 그리고 대부분의 종교에서 정화와 회복의 수단으로 사용된다. 한

편 불은 전 세계와 우리 개인들에게 위력을 발휘하는 성인들의 에너지를 그리는 데 사용된다.

바닷가 근처에서 자란 나는 특히 물을 볼 때마다 항상 감동을 받았다. 한동안 나는 호수와 시냇물과 강을 그린 그림들을 수집했는데, 그러한 그림들은 명상과 기도에 도움이 되었다. 흘러가는 강물을 따라 내 머리는 자유롭게 날아다녔고, 고요한 연못은 흔들리지 않는 마음의 평정을 안겨 주었다.

자신만의 이미지를 쌓고자 한다면, 정신을 산만하게 만드는 인물사진이 없는 단순한 것으로 선택하라. 그리고 늘 그렇듯이, 각 이미지들이 당신에게 어떤 영향을 주었는지 그 차이점을 기록해 둔다. 종종 이러한 느낌이나 생각들이 어디서 생겨난 것인지 생각해 본다. 그리고 당신의 영적 개발에 도움이 되거나 방해가 되는 것은 무엇이며, 어떤 방법으로 그 문제를 해결해야 하는지 생각해 본다.

# 명상과 기도

서구에서는, 좀처럼 쉴 시간이 없는 바쁜 사람들의 긴장을 푸는 한 방법으로 명상이 유행하고 있다. 하루에 약 한 시간 정도 조용히 앉아서 어떤 단어나 형상에 집중하는 방법을 실천할 것을 권장하고 있다. 직장에서의 생산성과 효율성을 높이는 방법으로 명상의 가치를 입증해 주는 과학적 증거들이 발표된 바 있다. 명상을 실천하는 시간이 길면 길수록 그 효과 또한 크다는 것은 의심할 여지가 없다. 그러나 명상의 원래 목적은 이것이 아니며, 보다 영적인 것에 가까웠다. 일상생활의 걱정거리를 벗어버림으로써 성스러움을 경험하는 것이 명상의 진정한 목표이다.

마음을 고요하게 함으로써 안으로부터 들려오는 목소리를 들을 수 있다면, 이 세상에서 보다 건강한 삶을 살기 위한 수단으로 명상을 활용하는 것에는 전혀 문제가 없다. 침묵하는 가운데 우리는 신을 만난다.

종교계에서는 명상을 기도의 일부로 보고 있다. 우리는 기도를 통해 신을 만난다. 명상은 단순히 지적인 활동이 아니라 우리의 모든 존재와 관련이 있다는 사실을 강조하기 위해 '신을 향해 마음을 드높이는 것'으로 불려왔다. 기도는 신과의 대화를 생각하게 하고 가능하게 만드는 믿음이자 신과의 교통을 의미한다. 명상은 신에게 보호와 인도를 구하는 것일 수 있다. 그러나 더 깊이 들어가 보면, 서로 사랑하는 인간관계가 대화를 넘어서 서로 존재한다는 사실 속에서 더 큰 기쁨을 맛보듯이, 명상보다 더 진지한 기도는 형이상학적인 것과 보다 강력히 결합하고자 하는 소망을 의미한다. 종종 찬탄이나 간구, 그리고 중재와 같은 전형적인 기도가 가지는 일반적인 특성과 구별하기 위해서, 이와 같은 진지한 기도는 '묵상' 또는 '신비의 기도'라고 불린다.

그러나 전문용어에 너무 집착하지 않아도 된다. 이 책에서 명상이란 기도를 향한 움직임, 또는 신과의 결합을 향해 나아가는 다양한 방법이나 수단이라는 의미를 지닌다.

명상이란 원래 영적 교재들을 끊임없이 반복함으로써 마음으로 그것을 익히는 것을 의미했는데, 더 나아가서 마음뿐만 아니라 몸을 포함한 당신의 모든 존재가 '전적으로 몰입하는 것'을 의미하게 되었다. 한 단어나 주문에 정신을 집중하는 것이 가장 기본적인 명상 방법 중의 하나이다. 가장 많이 알려져 있는 주문으로는 힌두교에서 생겨난 '옴'이나 '아움'이 있지만, 각자의 경험이나 종교에 맞는 걸로 선택하는 것이 가장 좋다. 가톨릭 베네딕트 수도회 수사로 기독교 명상 운동의 창시자인 존 마인은 마라나타(Maranatha)라는 아람어(아람은 시리아의 고대 이름을 뜻함 — 역주)를 권했는데, 이 말은 '주님, 어서 오십시오!'라는 의미를 지니고 있다. 만약 특정 종교를 믿고 있지 않다면, '성스럽다' 또는 '영혼'과 같은 단어를 사용해도 된다. 단어가 의미하

는 바를 별로 중요하게 생각하지 않는다고 하더라도, '사랑'이나 '평화'와 같이 인생의 한 단면을 뜻하는 말보다는 자기 자신을 넘어선 것을 뜻하는 말을 사용하는 것이 더 바람직하다.

## 실습

●●● 명상을 하는 방법은 아주 간단하다. 먼저 가장 조용한 곳을 찾아간다. 방석이나 의자 위에 편안한 자세로 똑바로 앉는데, 졸음이 올 것 같은 장소는 피한다! 먼저 깊이 숨을 들이쉰 다음 천천히 일정한 리듬에 맞춰 호흡한다. 두 눈을 감은 다음 호흡에 맞춰 마음속으로 선택한 단어들을 반복하는데, 다른 잡념을 쫓아낼 수 있도록 각 모음에 정신을 집중한다. 처음에는 한 번에 약 20분 주기로 반복한다.

●●● 우선 단어를 반복하는 일에 정신을 집중한다. 그렇게 하면 흐트러진 정신이 하나로 모이면서, 마침내 한 주기를 끝낼 때까지 계속 정신을 집중할 수 있게 된다. 동양의 가르침에 의하면, 명상의 목적은 '하나의 생각에 정신을 집중하기 위한 것, 다시 말해서 신에 대한 생각'을 뜻한다.

••• 침묵 속에서 자신을 돌아보는 일에 익숙해지면, 그 다음으로 명상 시간을 조금씩 늘려 가는데, 최대 약 50분 정도가 적당하다. 이렇게 해서 늘어난 부분이 준비 시간보다 길어지게 되면, 정신적 평온함이 마음의 평정으로 바뀌면서 당신의 모든 존재가 그렇게 변해 가는 것을 느끼기 시작한다.

••• 이제 명상은 신을 향한 기다림으로 변한다. 명상은 '정신을 집중' 하는 시간으로, 사랑하는 이가 찾아올 것을 예상하여 마음을 긴장시키는 것이다. 예로부터 신과의 직접적인 접촉을 의미하는 기도는 '우연히 일어나는 것' 으로, 은혜나 가피로 우리에게 다가온다고 한다. 정신을 한 곳에 집중하고 마음의 평온을 되찾게 되면, 우리의 몸은 머리를 깊이 숙이거나 엎드려 조아림으로써 신을 인정하고 신에게 감사하는 마음을 표현하게 될 것이다.

# 명상과 기도를 위한 보조 도구들

명상을 실천하는 방법에는 여러 가지가 있다. 하지만 무엇보다도 편안한 기도 방법과 명상 방법을 선택하는 것이 중요하다.

## 주문

●●● 어떤 소리들은 우리 존재의 깊은 곳을 울리는 것처럼 보이는데, 마치 우리의 본성과 조화를 이루는 것 같다. 위대한 종교에서는 명상이나 기도를 드릴 때 단어나 모음을 사용하는 것에 익숙해 있다. 그중에서 가장 많이 알려진 것이 바로 힌두교와 불교에서 사용하고 있는 '옴'이라는 모음이다. '옴'은 우주 최초의 소리로 알려져 있다. 정신집중을 통해 호흡과 주문을 병행함으로써 수련생들은 창조의 바탕이 되는 에너지와 소통할 수 있다. 정통파 유대교에서는 신의 이름을 말하거나 쓰는 것을 금지한다. 그러나 신비주의 스승들은 명상을 하는 동안 마음속에서 '신의 이름을 들을 수도 있다'고 말한다. 이슬람교도들과 시크교도(힌두교의 개혁파를 이름 — 역주)들은, 신은 여러 가지 이름을 가지고 있으며 신비주의 스승들은 구도자들이 기도를 통해 그가 원하는 신의 이름을 알아낼 수 있도록 도움을 준다고 믿고 있다.

### 염주

●●● 힌두교 신자들과 불교 신자들은 주문을 외우는 동안 손가락으로 염주를 만지작거리는 반면, 서구 그리스도교도들은 매듭이 지어진 실을 이용해서 예수 기도문을 몇 번 외우는지 그 횟수를 센다.

티베트에서는 염주를 만지작거리면서 마치 고양이처럼 목구멍에서 웅얼거리는데, 이것은 주문의 뜻이 그렇게 중요하지 않다는 것을 의미한다. 염주를 사용하는 사람들은 자신들이 무슨 말을 하는지 거의 의식하지 못하는데, 대신 당시의 분위기를 더 중요하게 생각한다.

### 시금석

●●● 작은 돌을 하나 선택해서 그것을 다른 세계의 창조물과의 개인적인 연결 고리로 생각하고 몸에 지니고 다닌다. 자갈이나 광택이 나는 돌을 움직이거나 때로 손안에 꼭 쥐는 것은 긴장을 늦추고 정신을

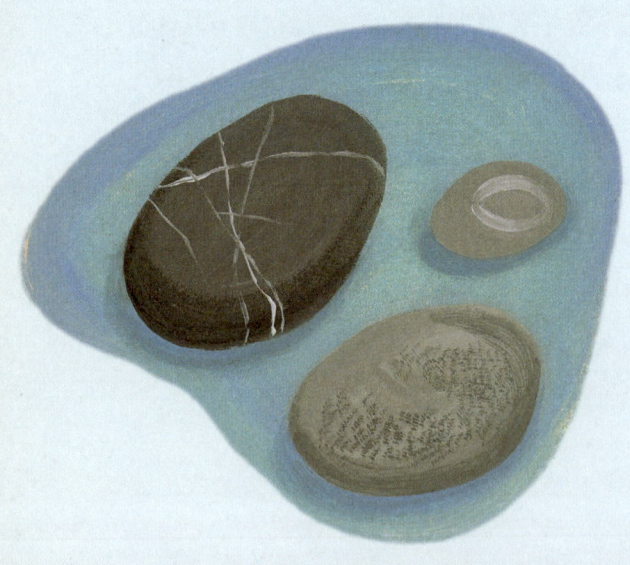

집중하는 데 도움이 될 수 있다. 당신이 이렇게 신성하게 여겼던 돌을 유대인들처럼 무덤 위의 상징으로 사용할 수도 있다. 고대 켈트 지방(아일랜드, 웨일스, 스코틀랜드의 고지를 말함 — 역주)에서는 순교자들이 성지의 표시로 돌무더기를 쌓아 올리곤 했다. 티베트에서는 마을이나 수도원 입구, 다리나 언덕 위에서 기도의 벽을 볼 수 있다. 그 가운데에는 자연 풍경을 신성하게 하거나 지나가는 사람들에게 영감을 불어넣기 위해 주문을 적어 놓은 벽들을 심심찮게 발견할 수 있다.

## 형상들

●●● '얀트라(명상할 때 쓰는 기하학적 도형 — 역주)'는 널리 알려져 있지는 않지만 주문 소리를 시각화해 놓은 것이다. 인간의 영적인 한 면을 이미지나 상징으로 대체하는 구상은 이미 여러 종교에 널리 퍼져 있지만 그에 대한 토론은 거의 이루어지지 않은 상태이다. 이는 그것을 표현할 수 있는 적당한 영어 단어가 없다는 것이 가장 주된 이유이다. 예를 들어, 기독교에는 그리스어나 고대 라틴어에 그 뿌리를 둔 용어들을 많이 볼 수 있다. '얀트라'는 그림이나 언어를 이용한 설명이라기보다는, 영적 실재를 기하학이나 건축학적으로 표현하려는 노력에 더 가깝다.

그 예로, 기독교의 얀트라는 삼위일체의 신비를 표현하는 삼각형

103

이거나 아니면 십자가의 형태로 표현되어 있는 교회라고 할 수 있는
데, 그것 자체가 십자가에 못 박힌 예수님의 몸을 나타내는 얀트라이
다. 6개의 각으로 이루어진 다윗의 별(이스라엘 공화국의 상징으로 원래는 유
대교의 표상이었다. ─ 역주)을 비밀 유대교에서는 이 세계의 네 모서리와
창조주인 하나님과의 수직적인 소통을 의미하는 것으로 해석했다.

   심리학자인 C. G. 융은 원을 중심으로 하고 있지만 원심 주위에 다
른 형태를 포함하고 있는 디자인인 만다라(기하학적 도형으로 신상 도는 신
의 속성이 그려져 있음 ─ 역주)에 특히 관심이 많았다. 티베트 불교에 사용
되는 모든 불화에는 항상 만다라가 그려져 있다. 수도승들은 인내심
을 키우는 명상의 한 훈련으로 색깔을 입힌 모래 알갱이로 정교한 불
화를 완성한다. 명상을 통해 그들은 잡념을 몰아내고 고요한 우주의
중심에 정신을 집중하고자 한다. 서양인들에게 만다라가 좋은 치료가
될 수 있다고 믿은 융은 환자들에게 만다라를 그린 다음 그것을 설명
하게 했다.

## 향기와 맛

●●● 명상 및 기도 안내자는 우리의 후각에 대해 거의 언급하지 않는 것처럼 보이지만, 그러나 신성한 곳을 장식하거나 기도를 위한 장소를 표시하는 데 있어 우리가 제일 먼저 떠올리는 것은 바로 꽃이나 식물의 향기이다. 향기를 이용하여 성경에서 말하는 '거룩한 향기'를 표현하거나, 우리가 일상에서 접하는 향기들을 잊어버리고 방문객들에게 이곳은 특별한 목적을 위해 마련된 장소임을 알리는 곳이 많다. 또 환자를 진정시키거나, 목사가 되는 것과 같은 특별한 임무에 일생을 바치기로 마음먹은 사람들에게 신성한 임무를 부여할 때도 향기 나는 기름을 사용한다.

전 세계 종교에 있어 음식은 아주 중요한 역할을 한다. 기독교인들은 성체 성사를 통해 '주님의 몸을 맛본다.' 힌두교에서는 신의 형상 앞에 모든 귀한 산해진미를 바치고 예배 중에 함께 나누어 먹는다.

영적인 감사와 깨달음을 위한 훈련으로, 재빨리 음식을 해치우는 대신 음식의 맛과 향을 천천히 음미한다. 그리고 먹을 것이 충분하지 못한 사람들을 생각해 본다. 과연 그들을 어떻게 도울 수 있을까?

# 기독교의 피정

1521년 스페인 북부의 바스크 지방 출신인 이니고 로페즈라는 한 귀족이 전쟁터에서 심하게 부상을 당했다. 서른 살 정도 되었던 그는 포탄을 맞아 오른쪽 다리가 갈기갈기 찢기는 중상을 입었다. 승리에 도취되어 있던 프랑스 인들은 그가 로욜라에 있는 집으로 돌아갈 수 있도록 허락해 주었다. 고향으로 돌아온 그는 마침내 길고 고통스러운 치료를 시작하였고, 부상당한 그의 오른쪽 다리가 두 번이나 부러지는 우여곡절을 겪은 다음에야 비로소 제대로 설 수 있었다.

부상을 당하기 전 이니고는 소위 말하는 풍족한 삶에 빠져 있어서, 그 시대의 유명했던 그리스도나 성자에 대한 책은 몇 권 가지고 있지 않았다. 부상으로 몇 개월간 누워 책을 보면서, 그는 당시 그가 읽고 있던 책 속의 성자들 역시 자신이 꿈꾸던 전사이자 영웅이었다는 사실을 깨닫게 되었다. 그는 하나님을 받드는 일에 일생을 바치고 싶은 마음이 들기도 했지만, 풍족한 생활 방식을 포기한다는 것은 상상할 수 없는 일이었다.

건강을 회복한 다음 떠난 여행길에서 그는 한 남자와 종교에 대해 논쟁을 벌이게 되었다. 그리고 잠시 후 그 남자가 자리를 뜨자 이니고는 단검 쪽으로 자신의 손이 움직이는 것을 느꼈다. 그리고 명예를 좇을 것인가 아니면 그 남자에게 생각의 자유를 허락할 것인가의 사이에서 갈등하기 시작했다. 결국 그는 노새가 결정하도록 했다. 노새가 그의 원수가 간 길과 정반대의 길을 선택했을 때, 이니고는 자신의 소명이 무엇인지 깨닫게 되었다.

그는 거지 옷으로 갈아입고 만레사로 떠났는데, 처음에는 빈민 구호소에서 지내다가 나중에 수도원으로 거처를 옮겼다. 그곳에서 그는 일년 동안 떠나온 것과 같은 생활을 했는데, 오랜 시간 기도를 하는 가운데 자신의 부족한 점과 자신에 대한 하나님의 사랑을 절감할 수 있었다. 그리고 마침내 강 근처에서 쉬고 있던 중에 의식의 눈이 떠졌는데, 새로운 사람으로 다시 태어난 것만 같았다. 그후로 그는 하나님과 하나가 된 듯한 심오한 느낌을 평생 간직할 수 있었다.

이 시간 동안 이니고 — 그는 '이냐시오'로 불리기를 원했다 — 는 자신의 경험을 노트에 기록했는데, 그후 그의 기록은 다른 사람들이 하나님의 소명을 깨닫고 그것에 응답하는 데 도움을 주는 안내서 역할을 하게 되었다.

『성 이냐시오 로욜라의 영적 체험』이라는 책에는 일련의 명상과 '영혼의 이해를 위한 여러 법칙들'이 설명되어 있는데, 다시 말해서 명상을 하고 있는 사람이 경험하는 영혼의 움직임을 어떻게 해석할 것인지 그 방법을 설명해 주고 있다. 이냐시오는 자신의 기록이 책으로 출판되는 것을 반가워하지 않았으며, 늘 그랬듯이 자신의 기록

이 무엇보다도 피정의 집을 찾는 사람들을 위한 안내서가 되기를 원했다.

이냐시오의 정신은 '모든 것 안에서 신을 발견하는 것' 으로 요약할 수 있다. 개인이 헛된 목표에 대한 집착을 버리고 자신의 삶 안에서 신의 뜻을 찾고자 하는 목적을 세우는 것을 도와주는 모든 종류의 영적 훈련은 그의 정신을 바탕으로 하고 있다.

예를 들어 이냐시오식 훈련 가운데 가장 유명한 것으로 '왕의 부르심' 이 있다. 이 훈련은 피정 참가자가 하나님을 모르고 하나님과 맞섰던 과거의 삶을 받아들이려는 노력을 한 후에 주어진다. 이 훈련의 목표는 변화를 강요하는 것이 아니라, 우리 삶의 선택이 지니는 광범위함, 다시 말해서 범우주적인 중요성에 대한 새로운 인식을 이루기 위함이다.

# 왕의 부르심

다음은 왕의 부르심을 실천하기 위한 과정에 대한 설명이다.

## 실습

●●● 신이 인간 가운데 왕을 선택했는데, 당신이 지금 모든 선한 사람들의 존경과 충성의 대상인 왕과 함께 있다고 가정해 본다

●●● 왕이 그의 백성들에게 어떻게 이야기를 하는지, 그리고 자신을 따라 약간 어렵지만 가치 있는 일에 참여하도록 백성들을 어떻게 설득하는지 귀담아듣는다. 왕을 따르는 사람들은 고난과 위험이 따를 것이며 많은 것을 잃게 될 거라는 설명을 듣는다.

••• 이제는 신앙심이 깊은 왕을 따르기를 거부하는 이들이 받게 될 조롱과 멸시에 대해 생각해 본다.


••• 이런 훈련을 반복하면서, 세속의 왕을 그리스도 또는 이 세계와 평화와 사랑과 정의를 선사하는 그리스도의 사명으로 바꾸어 생각한다.


••• 그리스도께서 이 엄청난 사명을 완수하는 데 도와달라며 당신을 직접 부르고 있다고 상상해 본다.


••• 그리스도를 따를 경우 겪게 될 고통에도 불구하고 이성적이며 선한 사람이 그의 초대를 어떻게 받아들이는지 생각해 본다.


••• 그리스도의 초대를 받아들여 그리스도와 함께 일할 뿐만 아니라 자신의 욕망과 야망을 기꺼이 버리고자 하는 사람들에 대해 생각해본다.


원래 이 훈련은 기사도 시절의 특징을 잘 나타내며, 이니고 자신의 체험에 바탕을 두고 있다. 현대인들은 전사인 왕에게 복종한다는 것을 받아들이기 힘들 것이다. 따라서 현 시대에 맞도록 가난한 사람들을 위해 싸우는 운동가로 각색하거나 인물보다는 그의 업적에 초점을 맞추는 것이 바람직할 것이다.

그러나 이냐시오의 독특한 방식은 이니고가 처음 개발했던 시기만큼 현대에도 의미가 있다. 왜냐하면 상상을 통해 떠오른 그림 안으로 깊이 빠져들어 모든 감각을 문제의 장면에 집중하는 방식을 강조하기 때문이다. 그리고 그 장면이 어떻게 보일 것인가뿐만 아니라, 그것이 그 자리에 있는 당신 자신에게 어떻게 들리고 어떤 느낌을 주며, 더 나아가 어떤 향기를 전해 줄 것인가에 대해서도 생각하게 만드는 것이 바로 그러한 과정의 목표이다.

# 불교의 안거

깨달음을 얻은 뒤 처음 행하는 설법에서 부처는 네 가지 근본적인 진리를 통해 가르침을 전하고자 했다. 부처가 말한 네 가지 근본적인 진리란, 고통은 모든 존재의 가장 근본적인 특징이며, 고통이란 욕망에서 생겨난 것이고, 욕망이 사라지면 고통도 사라지며, 마지막으로 부처의 가르침을 따를 때 이러한 목표를 이루게 된다는 것이었다. 이러한 방법은 목표를 이루기 위해서 사물이 존재하는 방식을 정확히 이해하고, 그 결과 올바른 행동 방식을 제대로 이해하는 것이라고 요약할 수 있다.

불교의 안거는 항상 고통을 일으키는 욕망을 버리는 것을 의미하는데, 부처가 몸소 보여 주었던 마음의 평정은 모든 이에게 가능하다. 명상은 우리가 가르침의 진실을 깨닫는 방법일 뿐만 아니라 이 목표를 도달할 수 있는 주요한 수단이 된다.

처음 부처의 가르침을 접했을 때, 나는 고통이 모든 존재의 근본적인 상태라는 말을 받아들이기 힘들었다. 아무리 최악의 경우라도 상황이 그만큼 나쁘지는 않았다. 인생이란 기쁨과 고통이 서로 뒤섞여 본래의 의미를 상실해 버린 불합리하고 모호한 것이 아닐까? 어떻게 욕망이 이 세상 모든 고통의 원인이 될 수 있단 말인가? 종종 기쁨을

선사해 주는 토대가 되기도 하지 않는가?

　나는 학창 시절 우리 집 근처에 살고 있던 티베트 승려의 지도로 처음으로 불교의 안거에 참가했었다. 당시 나는 몇몇 친구들과 함께 그를 포함하여 중국의 티베트 점령을 피해 망명 온 티베트 인들을 도와 오래된 스코틀랜드 농장을 명상센터로 고쳐 놓았다. 그곳은 열차 역에서도 몇 마일 떨어진 한적한 계곡에 위치하고 있었기 때문에, 그곳에 가려면 열차 역에서 차를 얻어 타야만 했다. 내가 처음 그곳을 찾아갔을 때 저지대의 미풍을 받아 커다란 기도 깃발이 흔들리던 모습은 지금도 기억난다. 다른 손님들도 대부분 젊은이들이었는데, 그들은 즐거운 마음으로 다른 사람들과 함께 방을 쓰고 바닥에 깐 매트 위에서 잠을 잤다.

우리는 유스호스텔에서처럼 잠자리를 제공받는 대신 잡일을 해야 했다. 나는 한동안 식당에서 식사를 준비하는 일을 도왔는데, 채식만으로도 그처럼 다양한 식단과 맛을 즐길 수 있다는 사실에 깜짝 놀랐다. 또 우리는 도서실에서 시간을 보내거나 근처 시골을 산책할 수 있었다. 그러나 그곳을 찾아온 진짜 이유는 네 시간씩 하루에 네 번 하는 명상에 참가하기 위해서였다. 명상은 아침 일찍부터 시작해서 밤 늦게까지 계속되었다.

당시 나는 십대였고, 그것은 내게 전혀 새로운 경험이었다. 나는

지금도 새벽 6시면 아침 명상인 '푸자'를 하기 위해 담요로 몸을 감싼 채 명상실로 들어갔던 때를 생생하게 기억하고 있다. 티베트 인이 낮은 목소리로 "나는 부처 안에서 위로를 받는다. 나는 부처의 가르침인 다르마(dharma, 법이란 뜻으로 불교의 주된 가르침을 말함 — 역주) 안에서 위로를 받는다. 나는 부처의 가르침을 따르고자 하는 사람들인 승가 (sangha, 불법을 따르는 출가 수행자의 교단 — 역주) 안에서 위로를 받는다"라고 중얼거리는 소리와 함께 명상은 시작되었다. 그런 다음 우리는 한 시간 정도 천천히 호흡을 하는데 정신을 집중하면서, 힘겨운 가부좌나 결가부좌(연꽃 자세라고도 하며, 한쪽 다리를 구부려 반대쪽 허벅지 깊숙이 올려놓고 반대쪽 다리를 그 위에 올려놓는 자세 — 역주)와 비슷한 고통스러운 자세를 참아내려고 노력한다.

때때로 수도승이 명상을 시작하기에 앞서 우리에게 부처의 가르침을 설명하기도 했다. 새로운 사람들이 도착하면, 수도승은 우리에게 술을 마시거나 약품을 복용하지 말 것을 경고했다. 명상이란 진지한 수행으로 여유가 있는 젊은이들이 유행처럼 따라 하는 그런 일이 아니었다. 그의 나라에서는 영적 명상에 참가하는 것은 엄청난 특혜로, 참가 자격을 까다롭게 제한하고 있었다.

내게 가장 감명 깊었던 가르침은 우리 모두가 부처와 같은 사람이

될 수 있다는 것이었다. 또 명상실을 장식하고 있는 많은 낯선 ― 나에게는 그렇게 느껴졌다 ― 형상들은 마음으로 보려고 할 때 가장 잘 보인다는 것도 감동적이었다. 이러한 형상들은 우리가 자각을 얻으려고 수련을 하는 데 있어 우리를 고무시키거나 또는 방해할지 모르는 여러 가지 생각을 의미했다. 여기서 자각이란 불교 수련생들의 궁극적인 목표인 완전한 깨달음을 말하는 것으로, 욕망에 대한 집착을 버리는 것과 사물을 바르게 보는 두 가지를 모두 이룬 상태를 말한다. 자각이란 육체와 함께, 감정이나 사고와 같은 정신적 과정을 알아차리는 것이다. 명상은 우리의 일상생활 속에서 깨어서 느끼려는 집중적인 노력을 의미한다.

명상을 시작하기 전 준비 운동으로 먼저 자신의 몸을 알아차리려고 해본다. 마음속으로 머리부터 시작해서 가슴과 위까지 의식하는데, 사지를 비롯하여 손가락 끝과 발가락 끝까지 더듬어 내려가 본다. 그런 다음 제일 먼저 당신이 느끼는 감정과 생각들을 되짚어보는데, 이때 한 가지에만 너무 오래 머물러 있어서는 안 된다. 지금 당신이 이곳에 있다는 사실을 받아들이고 당신이 어떤 상태인지 받아들이려고 노력하라. 그런 다음 이러한 생각들과 느낌으로부터 완전히 벗어날 수 있는 훈련을 시작하는데, 명상과 기도 도움법 부분을 읽는 것도 한 방법이 될 수 있다.

　　명상을 끝내기에 앞서 먼저, 생각과 느낌과 감각 기능을 통해 명상을 시작하기 전의 일상적인 의식 상태로 돌아온다. 일상생활 중에 잠시 시간을 내어 위의 과정을 단순화시킨 훈련을 반복함으로써 이 세상의 아름다움과 생명의 축복에 대한 자각을 높이도록 한다.

# 자연 명상

나는 종교 서적에서 자연의 힘을 극복하거나 동물과 새들과 대화를 나누었던 성자들에 관한 이야기를 접할 때면 마음이 불편했다. 그들은 영적 수도자들이 귀감으로 삼을 인물로 추앙되고 있었기 때문에 그들에 대해 기도나 명상을 하기가 어려웠다. 과연 나를 위해서 그러한 능력을 구해야 할까? 물 위를 걷는다거나 얇은 면 보자기만 걸치고도 눈보라 속에서 체온을 유지할 수 있는 능력이 인류에게 도움을 줄까? 해안가에 서식하는 생물들에게 나는 무슨 말을 해야 할까? 내가 뱀을 마음대로 요리할 수 있기를 원하시는 신은 어떤 분일까?

나중에야 나는 이것은 인간과 자연 세계와의 관계를 보여 주는 사실적인 표현에 불과하다는 것을 알았다. 성인은 우리 모두가 생각하는 이미지만큼 특별한 분이 아니다. 신비로운 행적을 남길 때 성인은 자연을 다스리는 능력뿐만 아니라 자연과의 조화를 보여 주신다. 경쟁과 갈등의 세계에 사로잡혀 있는 우리에게 그들의 능력은 불가사의한 능력처럼 보인다. 그러나 시기를 모르고 마음의 평화를 이룬 사람들에게 성자의 행동은 서로 관계를 맺고 협동하는 실제 인물들의 이미지이다.

자연과 조화로운 관계를 맺을 때 우리는 인생이 의미하는 바를 이해할 수 있게 된다.

최근에는 '자연으로의' 체험을 제공하는 단체들이 많다. 그러나 인터넷에 실린 정보와 설명서 중에서 내가 감명을 받은 것은 그런 단체들의 시설과 위치뿐이었다. 그리고 그와 동시에 진정으로 자연으로 돌아가는 것은 자연의 힘에 복종하는 것이 아닐까 하는 생각이 조금씩 들기 시작했다. 나는 지금 당신 자신을 위험에 빠뜨리라고 말하는 것이 아니라, 자연의 아름다움뿐만 아니라 자연의 위력을 경험해 보는 것이 중요하다는 것을 말하고 있다.

자연을 경험하기 위해서 나는 산과 바다를 자주 찾아갔다. 다행히 운이 좋게도 소박하면서도 전혀 불편을 느끼지 않게 준비가 잘 된 집들을 사용할 수 있었다. 한번은 명상할 공간이 완공이 안 된 경우가

있었는데, 그래서 그곳을 찾은 방문객들은 스스로 노동을 통해 숙식을 해결해야 했다. 또 다른 곳에서는 마당에 설치된 펌프에서 물을 길어야 했으며, 나무 장작을 때는 스토브에서 요리를 해야 했다. 나는 덧문이나 지붕 판자를 열고 닫는 것으로 변화무쌍한 날씨를 견뎌야 했던 곳이 제일 좋았다. 그런 아무것도 아닌 일을 통해 나는 자연을 우리 맘대로 할 수 없다는 것을 배웠다. 자연은 우리에게 아무것도 줄 수 없으며, 다만 우리가 필요한 것을 자연으로부터 얻어내야만 한다는 것을 깨달은 것이다.

명상 장소를 고를 때에는 자신의 필요와 능력을 고려하되, 유지하는 것이 부담스럽지 않고 조금이라도 지금보다 나은 상태로 개선할 수 있는 장소를 찾도록 노력하라. 나무를 줍는 것과 같은 일상적인 일을 통해 욕구를 충족시킬 수 있는 장소를 찾거나, 또는 신선한 우유를 구할 수 있을 만큼 어느 정도 삶의 질을 유지할 수 있는 곳을 물색한다.

**실습**

●●● 자연을 체험할 수 있는 여러 가지 방법에 대해 생각해 본다. 바다와 가까운 곳에 있다면 파도의 움직임을 관찰해 본다. 아침저녁으로 해변을 따라 산책을 하면서 그동안 해안선이 어떻게 변하는지 관찰한다. 신발을 벗고 바닷물에 발을 담그고 수온의 변화를 느껴 본다. 작은 보트를 빌려서 넘실거리는 파도를 느껴 보거나, 파도에 몸을 맡

기고 저 멀리 배를 몰아가는 모습을 상상해 본다. 수평선 위에 떠 있는 배들 안에서의 인간의 생활과 바위와 수영장 안에서의 바다 생활을 꿈꿔 본다. 파도 소리를 들으면서 얼마나 바다 멀리 나왔는지 알아본다. 바다는 언제나 두려움과 놀라움을 안겨 준다.

●●●  산 역시 그 나름대로 우리 인간이 유한한 존재임을 일깨워 준다. 산은 우리가 도달할 수 없을 정도로 높다. 또 산을 가로지르는 길이나 등산로 중에는 우리가 접근할 수 없는 것들도 많은데, 그런 길들은 바위와 지구가 처음 생성되었던 인류의 시작을 떠올리게 한다.

●●●  산속에 있다면 안전한 길을 따라 그곳에 살고 있는 사람들이 눈에 작은 점으로 보일 때까지 걸어간다. 이때 날씨 변화에 주의해서 적당한 옷을 입고 있어야 한다. 산속에 보금자리를 마련한 동물들을 조심해야 한다.

●●● 물과 식물과 동물 등 생태계가 조화를 이루고 있는 것처럼 보이는 곳에서 '오아시스'를 찾아야 한다. 이곳은 인간의 존엄성이 지켜지는 곳인가 아니면 무시되는 곳인가? 당신의 힘으로 어떻게 그곳을 신성한 곳으로 만들 것인가?

●●● 아주 특별한 형태의 자연 명상은 북아메리카 원주민들의 '비전 퀘스트(Vision Quest, 영적인 통찰을 얻기 위한 인디언 의례 — 역주)'에 의해 처음 생겨났지만, 최초의 오스트레일리아 민족과 다른 문화에도 전파되었다. 경험이 많은 안내자의 지도하에 명상 참가자들은 혼자서 혹은 단체로 그 지역의 환경과 날씨뿐만 아니라 단순화된 가장 기본적인 식이요법에 적응하는 시간을 갖는다. 그런 다음 야외나 또는 아주 기본적인 도구들만 갖추어진 환경에서 혼자 시간을 보내게 된다. 이것은 최소한의 도구만을 갖춘 가장 기본적인 환경 속에서 생활할 때, 명상 참가자의 명확하지 않은 영적 특징이 우리가 전혀 예상하지 못하는 방법으로 그 모습을 드러낸다는 이론을 바탕으로 하고 있다. 이렇게 해서 생겨난 '통찰력'을, 각 개인이 일상생활에서 통찰력의 중요성을 깨닫는 데 도움을 주는 지도자 및 그룹과 함께 공유하게 된다. 자연으로 돌아가기 체험은 다양한 방법으로 확대되거나 보완될 수 있다. 말 등에 올라탄 채로 동물들의 욕구를 충족시켜 주면서 '잠시 숲 속에서 방랑 생활'을 즐기는 것도 좋을 것이다. 아니면 물 위에 떠 있는 배 안이나 산속의 동굴도 상관없다. 그러나 적절한 안전 수칙이 마련되고 모든 것이 전문 안내자의 도움을 받아 이루어지는 것이 무엇보다 중요하다.

# 영혼을 위한 휴가 중 문제점 해결하기

휴가 도중 어려움에 봉착하게 된다면, 그렇게 된 것을 다행으로 여겨야 한다!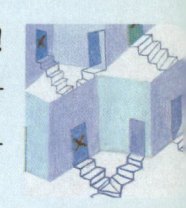
실제로 이 정도를 이룰 수 있었다는 것은 대단한 성과이다. 실제로 많은 사람
들이 그만한 성과도 없이 시간만 낭비하는 경우가 허다하다. 그런데도 지금
당신은 이 상황이 너무 힘들다고 걱정만 하고 있다!


뿐만 아니라, 어려움은 영혼을 위한 휴가의 축복이다. 그리고 그러한
어려움들은 당신과 당신의 인생에 있어 어떤 부분을 해결해야 하는지
를 보여 주고 있다.

　예를 들어 자동차가 고장이 난다면, 당신은 문제가 되는 부분을 찾
아 고칠 것이다. 여기서 고장이 난 것은 자동차 전체가 아니라 일부분
이며, 그동안 우리의 경험으로 미루어보건대 그것도 아주 작은 고장
에 불과하다. 고장을 통해 우리는 자동차의 아주 작은 부분조차 얼마
나 중요한 역할을 하는지 깨닫게 된다. 우리도 이와 마찬가지이다. 어
떤 중요한 문제나 생각에 대해 기도를 하거나 명상을 하거나 또는 정
신을 집중하지 못하는 것은 우리가 실패자이거나 영적으로 거부된 사
람이라서가 아니다. 그보다는 우리의 어떤 부분에 대해 깊이 생각을
하거나 그 부분을 변화시켜야 한다는 것을 의미한다.

어떤 일을 할 때에는 시작이 가장 중요하며, 제일 먼저 부딪치게 되는 어려움을 극복하더라도 금방 어떤 형태로든 새로운 문제가 발생한다는 것을 우리 모두 잘 알고 있다. 마치 우리가 앞으로 직면하게 될 모든 어려움들이 어서 빨리 우리 앞에 제 모습을 드러내고 싶어 하는 것 같다. 영혼에 대해 글을 썼던 고대 작가들은 악령들이 영적으로 초보자인 사람을 서로 괴롭히려고 아우성치다가 영적 초보자들에게 자신들의 얼굴을 드러낸다고 말하고 있다. 그처럼 악령들이 일제히 큰 소란을 피우기 때문에, 악령들의 목소리가 실제보다 더 크게 들리고 그들은 더욱 위험한 존재처럼 보이게 된다.

다시 말하지만, 그것은 출고된 지 몇 주 안 된 새 자동차가 실망스

럽게도 계속 문제를 일으키는 것처럼 보여서 결국에는 다시 차고로 돌려보내야 하는 경우와 아주 비슷하다. 그러나 결함이 있는 부분을 하나도 빼놓지 않고 깨끗이 손질하고 나면, 한동안은 자동차가 아주 잘 굴러갈 거라는 희망을 가지게 된다. 마찬가지로, 영혼을 위한 휴가 초기 단계에 악령들에게 과감히 맞선다면 당신이 진심이라는 사실을 악령들도 이해하게 될 것이다.

서로 뒤섞여 쓸데없는 논쟁을 벌이는 과정에서 악령들은 그들의 성격을 드러낸다. 또 정신 집중을 방해하는 가장 주된 요소들은 바로 다른 사람들과의 관계라는 사실을 보여 준다. 어떤 형태의 문제가 발생하든지, 이유는 건전하지 못한 인간관계에서 비롯되는 경우가 빈번하다. 만약 영혼을 위한 휴가를 떠나기 전에 꼭 한 가지 해야 할 일이 있다면, 그것은 다른 사람들과의 불화를 해결하기 위해 최선을 다해야 한다는 점이다.

# 나 자신을 알기

전통적으로 영혼을 다룬 문학 작품들은 소위 '영혼의 움직임' 이라는 주제에 대해 많은 지면을 할애했다. 이 말은 기도를 하거나 명상을 할 때, 우리의 존재 깊숙한 곳에 자리 잡고 있는 것뿐만 아니라 우리 밖의 현실을 향해 우리의 마음을 열어 놓고 있다는 것을 의미한다.

마음이 평안하거나 만족할 때는 우리 안에 '착한' 영혼이 힘을 발휘하고 있으며, 반면에 머리가 어지럽거나 화가 나 있을 때에는 '나쁜' 영혼이 우리의 길을 방해하기 때문이라고 할 수 있다. 그러나 이와 같은 직접적인 표현이 반드시 옳다고 보아서는 안 된다. 나쁜 영혼은 말뜻만 보자면 속임수의 영혼으로, 우리를 혼돈에 빠뜨려서 나쁜 길로 인도함으로써 자신의 정체를 드러내지 않으려고 한다. 때로는 우리가 자기만족에 빠져 생활에 변화를 일으켜야 한다는 필요성을 깨닫지 못하도록 만들기 위해 우리에게 안도감을 선사하기도 한다. 이와 마찬가지로, 거짓이 없는 좋은 영혼은 우리의 단점을 부각시킬 것이다.

영혼의 움직임은 영적인 것의 본질이다. 영혼을 위한 휴가의 가장 깊은 의미는 우리가 정신을 집중하는 가운데 그러한 움직임을 경험하게 함으로써 우리 자신을 이해하고 발전시키는 데에 있다. 바로 이것이 기도와 명상을 통해 우리가 얻고자 하는 것이며, 영적 방향을 정하는 데 있어 우리가 필요로 하는 것이다.

우리는 때때로 '마음이 움직여서' 이런이런 일을 했다고 말하는데, 이 말은 왜 그 일을 했는지 이유는 확실하지 않지만 꼭 해야만 했음을 의미한다. 이러한 표현은 마치 전혀 어울리지 않는 일을 했을 때 우리가 둘러대는 궁색한 변명처럼 어딘지 약간 우습게 들리기도 한다. 우리는 어떤 마음이 우리를 움직였는지 알아내야만 한다. 그러기 위해서는 우리를 잡아당기는 느낌이 드는 방향에 대해 깊이 생각해 보아야 한다. 예를 들면, 영혼을 위한 휴가를 떠난 한 사람이 어떤 극적인 방법으로 생활에 변화가 필요하다고 느끼는 경우가 종종 있을 수 있다. 만약 그런 느낌이 든다면, 그러한 변화가 당신 인식 속의 다른 변화와 보조를 맞추고 있는가, 그리고 그것이 다른 사람들에게 어떻게 영향을 줄 것인가 하는 점을 심각하게 고려해 볼 필요가 있다. '마음의 움직임'이 비이성적인 행동의 변명이 되는 일은 절대 피해야 한다. 어떤 것이 옳게 느껴진다고 해서 그것이 옳다고 생각한다면 그것은 우리를 기만하는 일이다. 마음은 이성에 반대되는 개념이 아니며, 우리는 적절한 도덕적 기준과 다른 사람들이 모두 인정하는 기준에 의해 우리 행동을 정당화시키도록 최선을 다해야 한다.

# 영혼을 위한 휴가 마치기

휴가를 마치기에 앞서 그 휴가가 어땠는지에 대해 생각해 보는 시간을 갖는 것이 중요하다. 이 활동은 말로는 다 표현할 수 없을 정도로 중요하다. 당신은 바쁜 생활 중에도 당신이 중요하다고 생각하는 어떤 것을 위해 일부러 시간을 냈다. 그렇다면 과연 당신이 어떻게 변화되었는지 확인해 볼 필요가 있다. 이러한 검토 과정은 마치 식사를 마치기에 앞서 천천히 음식의 맛을 음미하면서 요리사에게 감사의 인사를 보내고 재료와 준비 과정에 대해 이야기를 나눈 후, 다음 기회를 위해 조리법을 챙기는 것과 같다. 그러한 과정이 없다면 식사는 제대로 평가를 받지 못하게 되어 단지 허기진 배를 채우는 과정으로 전락하게 된다.

## 실습

●●● 심각한 문제에 대해서는 검토 과정을 갖는다. 검토 시간은 휴가 기간에 따라 정하는 것이 가장 좋은데, 하루 종일 휴가를 가졌다면 30분, 여러 날 떠나 있었다면 한 시간 이상 정도가 바람직하다. 그러나 시간이 더 필요하다고 느낀다면 융통성 있게 그 문제는 다음 기회로 미룬다. 며칠 전에 있었던 일들을 기억해 내는 일에 너무 매달린 나머지 피로해지지 않게 조심한다. 검토란 기억들이 살그머니 자연스럽게

생겨나는 것을 말한다.

●●● 먼저 어떻게 해서 영혼을 위한 휴가를 떠나게 되었는지 그 동기에 대해 생각해 본다. 휴가를 떠나게 만든 자극제는 무엇이었는가?

●●● 휴가를 떠났을 때 특별한 목표나 문제가 있었는가? 해결책은 찾았는가? 스스로에게 반문해 보면서 처음 영혼을 위한 휴가를 떠나게 된 목표를 다시금 떠올려 본다.

●●● 지난 시간을 되돌아볼 때, 대체적으로 어떤 기분이 드는가? 영혼을 위한 휴가가 긍정적인 체험이라고 생각하는가?

●●● 어떤 이미지나 아이디어들이 떠올랐는가? 그러한 이미지들과 당신의 일상생활 사이에는 어떤 상관관계가 존재하는가?

●●● 이 휴가를 통해 좀 더 다른 방식으로 살아야겠다는 생각이 들었는가?

●●● 이 휴가를 통해 깨닫게 된 삶의 방향과 원래의 목표를 비교해 본다.

●●● 영혼을 위한 휴가를 떠날 수 있었던 것과 그것을 실천에 옮길 수 있게 해 준 모든 것에 감사하는 마음을 갖는다.

●●● 검토 과정을 몇 가지 문장으로 요약한 다음, 과연 그때의 결심을 잘 실천하고 있는지 반성하는 시간을 갖는다.

4부

생활 속에서 즐기는
영혼을 위한 휴가

# 영적 성장을 위한 시간 만들기

어린 시절 휴가를 떠났던 때를 떠올려 본다. 우리 가족들은 도보 여행을 하면서 캠핑을 즐기거나 아니면 시골 오두막집을 즐겨 찾았다. 오두막을 빌릴 때는 항상 집에서 그리 멀지 않은 곳을 선택했는데, 단지 일상적인 경험에서 벗어나 시야를 넓히고 다른 사람들과 사귈 시간을 가질 수 있는 곳이면 어디든지 상관없었다. 그래서 우리는 근교로 차를 몰고 박물관이나 갤러리 같은 지방의 명소를 찾아가 그곳에서 하루 종일 시간을 보내곤 했다.

이렇게 어렸을 때를 떠올려 보면, 어른이 된 지금의 나의 휴가가 어린 시절과 별반 다른 것이 없다는 것을 알고 깜짝 놀라게 된다. 학창 시절 나는 열차를 이용해 유럽을 횡단하는 힘든 여행을 몇 차례 감행했었다. 그후로는 휴가 때면 늘 가던 곳 이외의 장소에서 일을 하거나 공부를 하면서 장기간 머물 수 있는 곳을 찾았다. 다만 어린 시절과 크게 다른 점이 하나 있다면 나이가 들면서부터는 항상 혼자서 여행을 다녔다는 점이다. 그렇다고 내가 여행 경험이 아주 많은 사람이라고 생각하는 것은 아니지만, 그래도 다른 문화나 생활 방식에 대해 어느 정도 이해하고 있다고 믿고 싶다.

비록 내가 영혼을 위한 휴가에 대해 어느 정도 경험이 있다고 하더

라도, 일상의 휴가와 영혼을 위한 휴가 사이에 직접적인 연관성이 있다는 것을 확실하게 느끼게 된 것은 이 글을 쓰기 시작한 직후였다. 따라서 자신의 경험을 돌아보고 그것에 대해 글을 쓰는 것 역시 내가 여러분에게 제안하고 싶은 훈련 가운데 하나이다. 또 이 글을 쓰기 시작하면서 영혼을 위한 휴가를 떠나려는 마음이 얼마나 일상적인 희망인지 더욱 확실히 알게 되었다. 그러나 그후로 여러 차례 조사를 벌이는 과정에서 나는 또 내 어린 시절의 경험의 흔적들을 발견했다. 영적 성장이나 또는 특정 사건이나 문제를 해결할 때면, 생각들이 마구 떠오르면서 내 머릿속은 그 전에 갔었던 휴가에 관한 기억들로 가득 차게 된다. 어떤 의미에서 보면, 하나의 휴가는 다른 모든 휴가의 연속이며 그 모든 것들이 합쳐져서 내 인생을 대신하는 또 다른 역사를 이루게 된다. 영혼을 위한 휴가에 들어갈 때마다 나는 일상생활에서 벗어나 있던 내 자신의 또 다른 면에 집중하게 되었는데, 한편으로는 그

세계를 떠나 다른 곳으로 가고 싶다는 생각과, 다른 한편으로는 그 안에서 내 자리를 다시 만들고 싶다는 마음이 공존했다.

또 나는 생활하는 시간대에 따라, 그리고 사람에 따라 다양한 휴가를 즐길 수 있다는 것을 깨달았다. 영혼을 위한 휴가는 반드시 한 장소에서 정신 집중을 해야 하는 형태일 필요는 없다. 그보다는 내가 갔었던 캠핑과 비슷한 점이 많은데, 이곳저곳을 옮겨 다니면서 여행에 대한 자신의 의식을 높이는 데 집중하면서 있는 그대로의 분위기와 기분을 평가하면 된다. 영혼을 위한 휴가는 경험 자체와 그 경험을 통해 자신이 어떻게 변하는가에 주목하는 것이다.

자, 이제 당신이 그동안 가졌던 휴식 시간들을 돌이켜 본다. 당신이 받아들여서 지금까지 반복하고 있는 어떤 패턴이나 혹은 당신이 반감을 가지고 있는 일상적인 일들은 어린 시절의 경험을 토대로 한 것인가? 그리고 그 결과 당신은 영적 휴가를 실천에 옮기는 적절한 방법을 생각해 냈는가? 당신은 개인적인 체험 아니면 공동의 체험을 원하는가? 순수한 명상 아니면 어떤 활동과 관련이 있는 명상을 원하는가? 당신이 원하는 것이 가능한가, 아니면 당신 스스로 무언가를 고안해 내야 하는가?

# 상실과 변화의 시기에 떠나는 휴가

사랑하는 사람을 잃었을 때 우리는 내성적인 사람으로 변하게 된다. 그들과의 이별에 우리의 감각기관은 완전히 마비되고, 격식을 차린 장례식조차 너무 빨리 끝나 버린 것처럼 느껴진다. 우리는 어떻게 슬퍼해야 하는지 그 방법을 거의 잊고 산다. 어서 빨리 슬픔을 털어버리고 일상생활로 다시 돌아가길 모두 기대한다. 그러나 죽음으로 인해 가장 충격을 많이 받게 되는 것은 바로 공시저인 행사가 끝난 다음으로, 이러한 충격은 그후로도 오랫동안 지속되면서 다양한 형태로 우리들의 삶에 영향을 미칠 수 있다.

알고 지내던 사람이 죽게 되면 ─ 비록 친한 사이가 아니라고 해도 ─ 인간관계가 금방 소원해진다. 그 사람은 죽었지만 달라진 것은 하나도 없으며 당신은 남아 있는 감정들을 혼자서 해결해야 한다. 대부분의 경우, 우리를 가장 괴롭히는 감정은 바로 후회이다. 왜 그런 사소한 차이점과 오해를 진작 해결하지 못했을까 하는 후회가 들지만, 때는 이미 너무 늦었다.

죽은 이를 애도하는 행사에 모두 참여했다고 하더라도, 잠시나마 그 사람이 떠나 버린 것에 대해 혼자 생각해 보는 시간을 갖는 것이 좋다. 먼저 조용한 곳에 몇 분 동안 자리를 잡고 앉는다. 먼저 죽은 이와 당신을 연결시키는 물건들, 예를 들면 사진이나 추억이 담긴 물건들을 꺼내 놓는다. 그런 다음 서서히 떠오르는 옛 추억들을 되짚어 본다. 친구의 목소리나 행동을 기억해 본다. 어떻게 만나서 친해졌는지 생각해 보고, 함께 보냈던 시간들과 마지막으로 만났던 때를 떠올려 본다.

한동안 만나지 못했던 사람이나 거의 소식을 끊고 지내던 사람이 떠났다고 해도 심한 상실감에 괴로워하고 있다는 것을 깨닫는 것 역시 중요하다. 때로는 거의 알지 못하는 사람으로부터 깊은 감명을 받았다는 사실을 알게 될 수도 있다.

지난 추억을 떠올리면서 그 사람에 대해 어떤 느낌을 가지고 있었는지 자신의 감정에 대해 생각해 본다. 잠깐이면 충분한가, 아니면 그 일을 떠올리는 데 더 많은 시간이 필요한가? 다시 일상생활로 돌아오려는 당신을 붙잡는 특별한 순간이나 사건이 있는가? 당신이 원인이 되었거나 또는 피해자가 되었던 과거의 상처들을 치유할 수 있는 현실적인 방법이 있을 것이다. 만약 그렇지 못하다면, 용서나 사과를 뜻하는 상징적인 행동이면 충분하다.

현재 상태에서는 잠시나마 과거를 회상하면서 떠난 사람을 그리워하는 것으로 충분하지만, 그러나 시간이 지난 다음에도 계속해서 떠난 사람에 대한 생각을 떨쳐 내지 못하게 된다.

나의 경우도 그러했다. 서로 깊숙이 알고 있지만 지난 몇 년 동안 만나지 못했던 사람들이 죽었을 때, 과연 나의 행동과 결정들이 그들에게 어떤 영향을 미쳤을까 하는 생각이 머리를 떠나지 않았던 때가 있었다. 어떤 물건을 사면, 나는 그 물건을 그들에게 먼저 보이고 그

들의 의견을 구할 생각부터 하곤 했다. 아주 짧은 순간이지만, 그들이
마치 다시 내 삶 속으로 들어온 것 같아 보였다. 더 나아가 실제로 그
들을 만나거나 그들과 이야기를 나눌 수 있다는 상상을 하기도 했다.

또 이런 경우도 있었다. 몇 년 전 어머니가 돌아가신 다음, 나는 마
치 어머니를 다시 본 것 같은 느낌이 들었던 때가 있었다. 어머니는
늘 거리에서 사람들에 둘러싸여 있었고, 나는 자동차 안이나 아니면
건물의 창문 옆과 같이 조금 떨어진 곳에 서 있곤 했다. 어머니에게
다가가기 위해 몇 발자국을 떼었을 때 비로소 나는 어머니가 더 이상
살아 계시지 않다는 것을 깨달았다. 그게 전부였다. 그 이후로는 엄마
가 아직 살아 계시다고 상상하거나 또는 어떤 결정을 내릴 때 엄마를
생각하지 않게 되었다.

이렇게 두 번에 걸친 '환영'을 직접 경험한 후, 나는 중요한 것은

신비한 경험 그 자체가 아니라 어떤 감정을 느꼈는가 하는 것임을 깨
달았다. 특히 친구가 세상을 떠났을 때, 나는 마음속으로 지난 몇 년
동안 그와의 관계가 소원했던 것을 만회하는 것을 넘어서 마치 예전
의 관계로 돌아간 것 같았다. 그리고 우리 관계가 벌어졌다는 것은 중
요하지 않다는 것을 입증함으로써 우리는 예전처럼 절친한 사이라는

것을 보여 주고자 했다.

　나는 지금까지 가족과 친구를 영원히 떠나보내는 것에 대해 이야기했지만, 때때로 정확하지 않은 이유 때문에 절망과 슬픔을 느끼는 경우도 있다. 심리학자들의 말을 빌면, 모든 상실은 우리의 뇌리 속에 깊이 박혀 있는 유아기 적 엄마와의 이별을 생각나게 한다는 것이다. 따라서 우리는 이 문제를 심각하게 받아들여야 한다. 다시 강조하지만, 어떤 일 때문에 충격을 받았다면 그 문제를 해결하고 넘어가기를 진심으로 바란다.

　영혼을 위한 휴가는 되돌아보는 시간이기 때문에 기도나 명상을 통해서 덮어 버렸거나 반쯤 잊고 살았던 감정들을 발견할 수 있다. 이때 노트를 이용해서 생각과 감정들을 연구하고 자유롭게 연결지음으로써 진정한 참모습을 밝혀 내도록 노력해야 한다. 그리고 슬퍼할 일이 많은 만큼 축하할 일도 많으며, 후회를 느끼는 만큼 기뻐할 기회 역시 많다는 것을 잊어서는 안 된다. 따라서 부정적인 감정을 긍정적인 감정으로 바꾸는 최선의 방법을 찾는 것이 우리가 해야 할 일이다.

# 걸으면서 떠나는 영혼을 위한 휴가

옛날 티베트에서는 한 번에 며칠 동안 음식은 물론이고 물도 한 방울 마시지 않은 채 걷거나 달릴 수 있는 도인들이 살았다고 한다. 그들은 처음부터 끝까지 일정한 속도를 유지할 수 있으며 마치 고무공이 구르듯이 달려가는 것처럼 보였다. 그러나 걸으면서 떠나는 영혼을 위한 휴가는 이와 다르다.

영혼을 위한 휴가는 우리가 운동을 하거나 시간을 보내기 위해 즐기는 것처럼 시골이나 산 근처를 천천히 걸어다니는 것과 잘 어울린다. 하지만 도보 여행에 앞서 몇 가지 준비해야 할 사항들이 있다. 우선 숙소를 정하고 필요한 물건들을 챙긴 다음 흥미로운 곳을 방문할지 또는 특정 경로를 따라갈 것인지 여정을 정해야 한다. 이때 무엇보다 중요한 것은 계획을 세우는 일이다. 하루에 얼마 정도 걸을 것이며, 날씨가 나빠지거나 몸 상태가 좋지 않을 경우 어떤 차선책이 있는지 미리 정해야 한다.

나는 대축척지도 위에 고대의 숫돌이나 원형 물건들을 나타내는

특이한 숫자들을 적어 놓아 가까운 곳을 찾아 떠나는 즐거운 산책 시간을 영적 휴가의 시간으로 활용했다. 한적한 곳에 위치하고 있으며 찾는 사람들이 많지 않다는 사실 하나만으로 이곳은 우리의 신앙과는 상관없이 특별한 기운을 지닌 곳이다. 역사가 기록되기 전부터 이곳은 신비의 장소로 알려져 있으며, 홀로 그곳을 찾은 사람이라면 누구나 경외심을 느끼게 된다. 그곳에서 혼자 며칠을 보내는 동안 나는 내 존재의 신비로움에 몰입하게 되었다. 쿵쿵거리면서 돌 위를 걸어갈 때는 내 몸이 무거워질수록 내 영혼은 더 가벼워지는 것 같았다.

도시를 산책하는 사람들 중에는 프랑스어로 '플라네르'라고 하는 유형이 있다. 영어로 번역이 불가능한 이 단어는 거리를 헤매는 관찰자나 또는 거리 '탐정'과 비슷한 의미를 지니고 있다. 플라네르는 도

심 거리를 정처없이 걸어다니면서 관심이 가는 물건이나 장면, 또는 공연을 찾는다. 그러다가 관심이 가는 대상을 발견하면 그것을 철저히 분석해서 시간과 장소의 비밀을 알아내고자 애를 쓴다.

도심을 걸어다니면서 하는 영혼을 위한 휴가는 교회나 사원 또는 언덕이나 강과 같이 강한 힘을 지닌 자연을 향해 순례의 길을 떠나는 것으로 볼 수 있다. 고대 도시의 경우, 까마득한 옛날부터 그러한 장소들은 영적으로 매우 중요한 곳으로 인정을 받아왔을 것이다. 따라서 거리를 걸을 때는, 전에는 무심코 보았던 거리 풍경들을 발견할 수 있도록 마음을 열고, 왜 이 가게 이름이나 저 식당이 내 눈에 들어왔는지 깊이 생각해 보도록 한다.

# 단체를 위한 영적 휴가

매년 내가 알고 있는 한 학교에서는 '비전의 날'이라는 이름의 행사를 거행한다. 모두가 피곤한 저녁 시간에 학교 도서관에 모여 몇 시간씩 회의를 하는 대신, 우리는 주말에 만난다. 다행히 한 학부모가 자신의 호텔을 우리에게 개방해 주는 덕분에, 우리는 그곳에서 몇 차례 모임을 가질 수 있었으며 음료수나 청소 같은 문제에는 전혀 신경을 쓰지 않아도 되었다. 또 호텔이 우리가 살고 있던 곳에서 그렇게 멀지 않았기 때문에, 어떤 중요한 문제가 생기는 즉시 우리는 빠른 시간 내에 모임을 갖고 그 문제에 대해 의논을 할 수 있었다. 학생들이 거주하는 곳에서 가깝다는 사실이 여러 면에서 도움이 되었다.

단체로 하는 영적 휴가는 직장이나 자원 단체에게 적당한 활동이라고 할 수 있다. 혹은 다른 곳에 함께 머물면서 잠시 되돌아보는 시간을 갖자는 취지하에 조직된 사회단체에도 적합할 것이다.

때때로 명상센터에서 남자, 여자, 학생, 자선단체 직원들과 같이 특정 유형의 사람들이 명상을 하거나 조용한 시간을 가질 수 있도록 해 준다. 그러나 여기서 내가 이야기하고 있는 사람들은 서로 의견을 같이 하고는 있지만 실제 하는 역할이 다른 이들을 뜻한다. 예를 들면 보통의 사무실이나 작업장에는 다양한 연령에 서로 다른 환경을 가진 사람들이 각자 봉급을 받으면서 여러 가지 일을 하고 있다. 같은 학교를 다녔던 그룹은 결속력은 강하지만 그 이외의 모든 점에 있어서는 상당한 차이를 보일 것이다.

'비전의 날'이라는 휴가 의식을 통해 참가자들은 일상적인 환경에서 벗어나게 되며, 서로 얼마나 오랜 기간을 만나왔는가와는 상관없이 의미 있는 만남을 가지게 된다.

기획을 맡은 소그룹은 참가자들이 짧은 시간 ─ 50분 정도가 적당하다 ─ 동안 함께 시간을 보낸 다음 약간의 휴식 시간을 갖도록 일정표를 짤 수 있다. 다과를 하면서 서로 의견을 나누거나 마지막으로 전체 회의를 여는 경우를 제외하고는 침묵을 지키도록 한다. 동료들이 서로의 열정과 관심사에 대해 알 수 있도록 일에 관한 대화는 금지시

켜도 좋다.

　그러한 나누기 과정이 순조롭게 진행되기 위해서 참가자들이 파트너에게 자신에 대해 설명을 하게 하고, 설명을 들은 파트너가 전체 앞에서 자신들을 소개하도록 하는 것도 하나의 방법이 될 수 있다. 그러면 자신을 먼저 소개한 참가자가 몇 가지 사항을 정정한다. 그런 다음 그들의 이야기를 듣고 있던 사람들로부터 질문을 받는데, 이 과정이 모두 끝나면 다음 참가자들이 똑같은 과정을 반복한다.

　마지막 전체 회의에서는 참가자들이 그룹의 미래에 대한 서로의 비전을 나누게 된다(이때 그룹의 과거나 현재에 대한 비판은 되도록 피한다). 좀 더 쉽게 이 작업을 끝내기 위해서 제시된 비전을 기록하거나 아이디어를 전체 회의에서 발표할 수 있다.

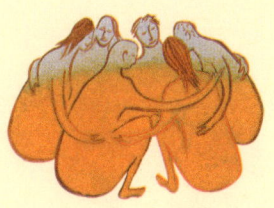

# 가족을 위한 영적 휴가

오늘날 서구의 가족이라고 하면 대부분은 부모와 자녀들로 구성된 소위 '핵가족'을 말한다. 이와 같은 현대의 가족 개념에 있어서 부모와 자녀를 벗어난 더 넓은 개념의 가족들은 '친척'으로 통한다. 과거에는 '집안 사람들의 모임'은 일상적인 일이었다. 가장 넓은 개념의 가족 범주에 속하는 사람들이 결혼식과 같은 '가족' 행사에 한 명도 빠짐없이 모두 참석을 했다. 그러나 현재에는 주로 친구들이 결혼식을 축하하며, 경우에 따라서는 아주 가까운 친척들만 초대를 받기도 한다.

과거에 가족이라는 단어가 의미하는 바를 다시 발견할 수 있는 방법은 수없이 많다. 영혼을 위한 휴가라는 형태 안에 가족들이 함께 모여 더욱 친밀한 관계를 유지할 수 있는 방법을 실천에 옮겨 보자.

**실습**
●●● 가계도를 그려 본다. 시간이 많이 지나 가계도에 이름이 올라

있는 사람들이 대부분 사망하거나 또는 연락이 끊기게 되었을 때 취미 삼아 가계도를 그려 보는 사람들도 있다. 과거에는 어떤 친척들이 있었고, 또 지금은 누가 남아 있는지 알아 봄으로써 나 자신을 발견하는 것은 좀 슬픈 일이기도 하다. 가계도를 완성하는 일은 실제로 가족 일원들을 하나로 묶어 준다. 현대와 같이 단절된 시기에도 일부 친척들이 가까운 곳에 모여 사는 가정들이 있다.

●●● 먼저 전화를 이용해 연락이 되고 있는 친척들을 알아 본다. 그렇게 해서 얻은 정보는 가계도에 표시한다. 그런 다음 당신의 계획에 지지를 보낼 가능성이 큰 친척을 방문한다. 자신의 가계를 파고들다 보면, 당신 앞에 누군가가 있었다는 사실을 알게 된다!

••• 한 번도 만난 적이 없거나 한동안 서로 보지 못했던 친척들을 비공식적인 행사가 열리는 제3의 장소로 초대한다. 가족들간에 '문제'가 발생할 수 있으므로, 이곳저곳을 자유롭게 돌아다니거나 필요한 경우에는 양해를 구하고 자리를 비울 수 있어야 한다. 너무 대규모 연회는 만남을 시작하는 장소로 적합하지 않을 수 있다!

••• 점차적으로 하룻밤이나 이틀 정도 함께 시간을 보내도록 계획을 짠다. 나는 지금은 아무도 살고 있지 않지만 한 백년 전쯤 친가 또는 외가 친척들이 살았던 곳에 작은 여관을 빌려서 친척들이 함께 시간을 보낼 기회를 마련했던 적이 있었다. 우리는 모두 고조부들이 살았던 곳을 담은 사진이나 그림 속의 장소들을 둘러보면서 금방 공통의 관심사를 발견했는데, 포도밭 방문도 빠뜨리지 않았다. 각자의 가족들과 함께 이곳저곳을 방문한 뒤 저녁이 되면 함께 나누는 시간을 가졌다. 이때 누군가가 어떤 행사를 기획하거나 또는 적은 액수라도 좋으니 각 참가자들로부터 기부금을 모아 오도록 제안한다.

# 둘이서 떠나는 영혼을 위한 휴가

두 사람이 처음 만났던 날, 결혼기념일 또는 상대방에게 진심으로 사랑을 맹세했던 날을 기념하는 날은 인간관계를 새롭게 하고 활기를 되찾게 해 줄 수 있는 좋은 기회이다.


## 실습

●●●  제일 먼저 파트너와 날짜를 정한다. 되도록 빨리 날짜를 정해서 두 사람 모두 충분히 시간을 갖고 홀가분한 마음으로 준비할 수 있도록 한다.

●●●  그 다음으로 함께 식사를 하면서 서로 진지한 대화를 나눌 준비를 한다. 두 사람 사이가 생산적인 관계로 접어들었다면, 만남을 위한 준비와 저녁식사 준비를 함께 하거나 번갈아 함으로써 자신들이 처음 의도했던 바를 실천하는 것도 바람직하다.

●●●  이러한 만남을 통해 두 사람의 영혼을 위한 휴가가 실제로 어떤

모습을 갖게 될지 예상해 본다. 식사시간을 포함해서 일상생활 가운데 함께 시간을 보내는 때를 정해 둔다. 예를 들어 같이 살고 있다면 두 시간 정도를 정해 놓고 함께 식사와 청소도 하면서 시간을 보낸다. 이때 모든 일은 함께 분담하기로 미리 합의를 본다.

●●● 자 이제 준비가 되었다면, 서로 마주보고 앉는다. 그런 다음 손가락이 서로 닿을 수 있도록 손을 뻗은 채 두 눈을 감고 일, 이 분 정도 침묵에 들어간다. 처음에는 자의식이 강해지는 것을 느낄 수 있겠지만, 너무 그것에 빠지지 말아야 한다. 그리고 지금 마치 누군가로부터 새로운 소식이나 좋은 결과를 기대하고 있다고 상상해 본다. 하고

싶은 말이 떠오르자마자, 그동안 느꼈던 긴장을 완전히 잊게 된다.

••• 첫날에는 두 사람이 번갈아 가면서 영혼을 위한 휴가에서 서로 얻어 가고자 하는 바에 대해 간단히 말한다. 약 30분 정도 이런 시간 을 갖는다. 이때 부연 설명이나 비판 없이 상대방의 생각을 그대로 받 아들이는 것이 중요하다. 단 해명을 부탁할 수는 있는데, 특히 상대방 이 한 말에 상처를 받은 경우에는 이런 요구를 할 수 있다. 나머지 시 간 동안에는 실제적인 문제에 대해 질문을 하도록 한다. 일상적인 욕 구를 충족시키면서 상대편과의 관계에만 집중할 수 있게 집을 떠나 호텔 같은 곳에서 시간을 갖는 것도 좋다. 때로는 명상센터가 두 사람 에게 맞지 않는 경우도 있기 때문이다.

••• 다음 번에는 영혼을 위한 휴가 기간에 대한 계획을 세우도록 한 다. 함께 걷고 앉아 있을 수 있는 별도의 시간을 마련한다. 어쩌면 함 께 자신들의 삶을 되돌아볼 수 있는 어떤 틀이 필요할 수도 있다. 지 난번에 경험하였듯이, 대화를 나눈다기보다는 번갈아 가면서 이야기 를 한다. 상대편에게 함께 보냈던 즐거웠던 때를 떠올리게 만든다. 아 침 저녁 짧게 침묵하는 시간을 통해 상대편이 했던 말을 혼자서 되풀 이해 본다. 그리고 하루를 마치는 시간에 상대편이 했던 말들 가운데 가장 감동적이었던 말을 되풀이해 본다.

••• 약속했던 시간을 마치면서 서로 작은 선물을 교환한다.

# 도시에서의 영적 휴가

옛날 사람들은 도시는 안전한 곳이자 야생동물과 무법자들이 판을 치는 시골의 위험으로부터 우리를 보호해 주는 피난처로 생각했다. 문명화란 단어는 원래 '도시적이다', '도시화되다' 라는 의미로 사용되었다. 하지만 오늘날 도시는 다소 부정적인 이미지를 가지고 있다. 도시 내부의 문제들과 도시 파괴, 그리고 인적이 드문 거리가 가지는 위험성 등과 같은 문제들이 얼른 우리의 뇌리를 스치고 지나간다. 이것이 바로 가장 현대적인 이미지이다.

처음에 도시는 시골 사람들이 농산물을 가지고 와서 팔고, 공산품들과 사치품들을 구해 가는 그런 시장이었다. 또 즐거움과 교육을 위한 장소이기도 했다. 이처럼 도시는 여러 가지 의미를 지니고 있었지만, 보통 한 가지 생산물에 의존하는 농촌은 한 가지 기능만 담당했다. 도시화란 다양한 종류의 사람들이 서로 함께 살고 일하면서 각자의 언어와 풍습으로부터 배운 결과를 의미한다.

비록 도시는 영혼을 위한 휴가를 떠나기에 적당하지 못한 곳처럼 보일 수 있지만, 실제로는 영적으로 잠시 시간을 갖고자 하는 동기와 기회면에서 볼 때 도시도 나름대로 기여를 하고 있다. 도시의 크기와 다양성은 모든 면에서 우리의 상상력을 자극시킨다. 또 익명성과 포용력이 보장되기 때문에 다른 사람들의 관심이나 참견을 걱정하지 않고 우리 자신에게 집중할 수 있다.

우리는 대부분 도시 안에 살거나 또는 도시와 가까운 곳에 거주하면서도 정작 도시에 대해 제대로 알고 있는 사람은 드물다. 반면에 지역 사회에 대해서는 어느 정도 잘 알고 있으며 우리가 살거나 일하는 곳, 그리고 집과 직장 사이의 노선에 대해서도 이미 익숙해 있다. 만약 '잠시 시간을 갖는 것' 이 '깨어나는 것' 을 의미한다면, 우리는 도시를 이해하는 일을 잘 해낼 수 있을 것이다.

도시는 종종 인간의 몸에 비유된다. 우리가 얼마나 건강하며 어떤 장점과 한계를 가지고 있는지 알고 싶다면, 우리의 몸 전체를 보아야 한다. 그러나 우리는 몸을 빌려 이 세계 안에 거주한다. 따라서 우리 자신의 건강에 대해 완벽하게 이해하기 위해서는 이 세계가 어떤 상태인지 정확히 알고 있어야 한다.

## 실습

●●● 도시를 파악할 수 있는 가장 확실한 방법은 지도를 참고하는 것인데, 도시 구역들이 어떻게 나누어져 있으며 또 구역들은 서로 어떻게 연결되어 있는지 이해할 수 있다. 여러 지역마다 다양한 명칭을 가지게 된 경위를 조사하고 발전을 이룬 계기에 대해 공부를 해본다. 그러나 이것은 지역의 역사를 알기 위한 프로젝트가 아니라 의식 훈련이라는 점을 잊어서는 안 된다. 도시를 하나의 살아 있는 유기체로 생각해 본다. 강과 지류들은 동맥과 혈관에 해당하며, 건물이 빽빽하게 들어선 지역과 탁 트인 공간들은 팔다리와 허파이다. 그럼 이번에는 심장 부분은 어디인지 생각해 본다. 금융센터인가 아니면 쇼핑 지구인가, 아니면 성당이나 고궁과 같이 보다 상징적인 곳인가?

●●● 도시의 정신적인 정체성은 무엇이며, 또 시간이 지나면서 어떻게 변화되어 왔는가? 얼마나 다양한 전통들이 생겨났는가? 그러한 전통들을 어느 지역에서 찾아볼 수 있는가? 또 그들은 어디에서 생겨났는가? 지금은 사라지고 없는 지역 사회를 보여 주는 흔적이나 기념물들이 아직도 존재하는가? 그들은 지금 어떻게 되었는가? 이러한 변화된 모습들을 지도 위에 표시한다.

●●●  각자가 살고 있는 도시에 대해 생각해 본다. 그곳의 모습을 지도 위에 표시해 보고 성지와 일치하는지 확인해 본다. '일상생활 속의 천국'이라고 불렀던 곳을 알아보기 위한 훈련으로 가까운 곳에 있는 성지를 방문한다.

이 훈련을 하는 동안, 당신에게 잠시 쉬면서 자신들의 이야기를 들어보라고 애원하는 듯한 장소들을 발견하게 될 것이다. 그러나 대부분의 경우, 이 훈련은 영적 감각을 다듬기 위한 것으로, 여러분 각자의 도시에서 영적 휴가를 실천하기 위한 준비 과정이라고 할 수 있다.

여기서 중요한 것은 도시를 새로운 시각으로 바라보며, 그렇게 해서 얻어진 도시와의 관계 속에서 당신 자신을 보는 것이다. 그러기 위해서는 무엇보다 도시 안을 정처없이 돌아다니는 것이 가장 좋은 방법으로, 외진 곳과 뒷길들을 찾아다니며 큰길과 건물 뒤편에 무엇이 있는지 알아본다.

질서가 없는 구도시 쪽에 살고 있다면, 십중팔구는 거의 잊혀진 곳들을 발견하게 될 것이다. 교회 마당이나 공원의 후미진 곳같이, 도시락을 먹으려고 찾아오는 사무실 직원들에게만 잘 알려져 있을 뿐 사람들의 발길이 뜸한 그런 곳들은 의외로 많다. 바로 그런 곳이 혼자서 잠시 시간을 보내기에 이상적인 장소이다. 한적한 곳보다는 오히려 사람들이 오고가는 번잡한 곳들이 영혼을 위한 휴가를 떠나고 싶은 마음이 더 많이 들게 만든다. 반복적인 도시의 일상은 규칙적으로 잠시 시간을 갖는 훈련을 하기에 좋다. 하루에 몇 분 또는 일주일에 단 몇 분이라도 자신만의 비밀 장소에서 시간을 보내는 것을 생활화한다. 이 시간은 당신 자신과 당신의 미래를 위한 성스러운 시간으로, 특히 무엇을 축하하거나 또는 기억하기 위해 더욱 필요하다. 위에서 소개되었던 의식 훈련들 가운데 하나를 선택하여 당신이 선택한 장소에서 실천에 옮기도록 한다.

마지막으로 내가 지금까지 언급했던 도시의 긍정적인 면을 기억하라. 도시 하면 대부분 성취나 물질적 가치 등을 생각하기 쉬운데, 그러나 도시가 가진 장점과 그곳에서 일하는 이들의 행복에 대해서 감사하는 마음을 갖도록 한다.

# 미술과 영혼을 위한 휴가

19세기 비평가인 존 러스킨은 이해하는 사람과 응시하는 사람들을 구별했다. 앞에 놓여 있는 물건을 제대로 이해하지 못한 채 그냥 응시만 하는 사람들이 많다는 것이 그의 주장이다. 그는 심지어 어떤 광경에 대해 조사하려는 사람들조차도 그 대상을 제대로 이해하지 못하는 경우가 종종 있다는 의견을 피력한다. 그는 이해하는 것은 진정으로 창의적인 활동이라고 주장한다. 따라서 어떤 물체를 가장 잘 이해하는 방법은 바로 그 물체에 대한 그림을 그리는 것이고, 이에 반해 사진을 찍게 되면 대부분 그 물체를 제대로 이해하지 못하고 넘어가게 된다.

영혼을 위한 휴가는 창의적인 휴가이다. 이것은 평상시의 에너지 이용과 전혀 다른 방법으로 노력을 들이는 시간을 말한다. 그림이나 조각 등과 같은 예술적 활동 역시 자기 '자신을 넘어서려는' 한 방법으로, 영혼을 위한 휴가의 특징과 그 뜻이 통한다.

예를 들어, 여러 학교와 대학에서는 수업이 없는 방학 동안 그림 프로그램을 제공하는데, 이 시간을 통해 가정에서 필요한 물건들을 만들고 일을 할 수 있는 교육을 시킨다. 그리고 일부 명상센터에서는 그러한 휴가와 영적 탐험을 하나로 통합해 놓은 프로그램들이 진행되

고 있다.

　문학적인 사고보다 시각적인 것에 의존을 많이 하는 사람들의 경
우, 스케치나 낙서들도 기도와 명상 가운데 우리가 느끼는 기분이나
감정들을 기록하는 한 가지 방법이 될 수 있다. 마치 단어를 이용해서
글을 쓰는 것처럼, 스케치북으로 작업하는 것은 우리의 사고의 깊이
를 파헤치고 인간관계에 대해 알아보는 한 방법이 될 수 있다. 비록
미술에 소질이 없다고 해도, 스케치북에 잡지와 카탈로그에서 발췌한
이미지들을 모아 둔다면 그것 자체가 멋진 작품이 되거나 영감을 불

러일으키는 자료로 활용될 수 있다. 의상 디자이너들과 가구 디자이너들은 작품을 위한 창의적 영감을 얻기 위해 그런 앨범들을 수집한다. 그렇다고 앨범 안에 수록된 다른 사람들의 작품을 그대로 베끼는 것이 아니라, 흥미가 가는 색채와 패턴과 형태를 나란히 늘어 놓음으로써, 각각의 스타일을 결합하고 다듬어서 자신만의 독창적인 이미지를 만들어 낸다.

이 책에 소개된 멋진 그림들은 그림을 통해 자신의 내적 생활을 어떻게 표현할 것인가를 이해하는 데 도움이 될 수 있을 것이다. 그리고 이 그림들을 시작으로 해서 더 깊은 사고가 가능할 것이다. 그러나 창의성이야말로 예술 작품을 대했을 때 우리가 보일 수 있는 가장 바람직하고 확실한 반응임을 잊어서는 안 된다. 보고 이해하라. 그런 다음 당신 자신의 것을 만들어 내라.

# 음악과 영혼을 위한 휴가

침묵은 영혼을 위한 휴가의 핵심이다. 그렇기 때문에 음악은 영혼을 위한 휴가와 전혀 무관한 것으로 보일 수 있다. 그러나 영혼을 위한 휴가를 시작하기 전과 후, 그리고 사이사이에 음악이 필요한 순간들이 있다. 기본적으로 음악이란 침묵을 조성하기 위한 목적으로 사용되며, 이렇게 함으로써 더욱 효과적으로 침묵을 즐길 수 있다.

단체 체험을 하기 위해 명상센터에 도착하면 사람들이 모두 모일 때까지 응접실에는 음악이 흐르곤 했다. 한 번도 명상수련에 참가해 본 적이 없기 때문에 앞으로 어떻게 해야 할지 긴장하고 있는 이들에게 음악은 그곳에 도착했을 때 느끼는 두려움을 없애 준다. 또 정식으로 서로를 소개하지 않은 상태라고 하더라도 응접실에 모여 앉아 예의에 어긋나지 않는 한도 내에서 담소를 나눌 수 있게 해 준다. 명상이란 사실 사회적인 활동이라고는 할 수 없다. 여기에 참가한 제일 큰 목표는 친구를 사귀거나 수다를 떨기 위한 것이 아니다. 음악은 특별히 격식을 차리지 않은 상태에서 서로 모여 앉아 함께 시간을 보낼 준비를 할 수 있게 해 준다.

나는 식사 때(수도원 식당에서 교재를 읽는 경우) 또는 여흥 시간과 같은 경우에 음악이 필요하다고는 생각하지 않는다. 문제는 음악이 말보다 감정을 훨씬 더 잘 전달하는 매개체 역할을 하며, 음악을 선택한 사람은 음악에 매료된 관중들에게 거의 연설을 하고 있는 것과 같은 영향력을 행사한다는 점이다.

물론 종교 음악은 종교 의례 형태의 명상에서 중요한 역할을 한다. 우리는 종교 행사에 참가하기에 앞서 심리적으로나 정신적으로 어느 정도 준비를 한다. 그리고 이런 행사가 우리의 개인적인 일상 활동을

방해할 가능성도 희박하며, 또 우리가 반드시 그런 행사에 참가해야 하는 것은 아니다. 수도원에서 매일 반복되는 찬송이나 성가들은 하루 일과가 시작하는 시점에 이러한 분위기에 익숙해질 수 있도록 준비하는 데 아주 필요하다. 또 잠자리에 들기 바로 직전에 이런 음악들을 들으면 훈련하는 동안 우리 안에 일어났던 생각들과 감정들을 정리하고 잠을 청하는 데 도움이 된다.

# 안내, 영감 또는 독창성

이냐시오 로욜라는 자신의 영적 훈련서에서 이 영적 휴가를 취하는 동안 결정을 내리는 방법에 대해 소개하고 있다. 전체적으로 볼 때 영혼을 위한 휴가는 신과의 관계가 깊어질 수 있도록 정신을 집중하며 인생의 보다 심오한 목적을 알아 내기 위한 시간이다. 따라서 특별할 것이 없는 아주 일상적인 시간이다. 그렇기 때문에 영혼을 위한 휴가를 떠나는 사람들은 자신의 삶을 변화시키고 싶은 감정을 느끼거나 영감을 받게 된다. 일반적으로 휴가 중간이나 휴가를 끝낸 직후에 중요한 결정을 내리는 일을 피해야 하는데, 왜냐하면 영혼을 위한 휴가 도중에 우리가 느꼈던 경험과 통찰력이 우리 삶 안에 흡수되기 위해서는 시간이 필요하기 때문이다. 영혼을 위한 휴가는 앞으로 우리 인생이 어떻게 변해야 할 것인가에 대해 이해하는 시간이 아니라, 직장이나 인간관계에서 우리가 접하고 있는 어려움들에 정면으로 맞설 수 있도록 도와주는 시간이다.

명상은 영혼을 위한 학교라고 이해하면 정확하다. 우리에게는 미래가 있으며 그 미래의 많은 가능성에 대해 생각하고, 그 순간 우리가 해야 할 일에 온 정신을 집중해야 하는 시간인 것이다. 우리 가운데 일부는 자신이 태어난 이유를 정확히 이해하고 있다. 반면에 직업이나 교육

에 관한 결정을 내리기 전에 여러 가지 조건들을 따져보아야 하는 사람들이 있다. 또, 조금 더 살다가 또는 완전히 다른 상황 속에서만 자신의 운명을 알 수 있다는 사실을 받아들여야 하는 사람들도 있다.

이냐시오는 제일 먼저 의사 결정에서 중요한 것은 그 자체로 좋은 것이거나 도덕적으로 중립적인 것이어야 한다고 말한다. 두 번째로 영구적인 결정과 시간이 지나면 바뀔 수 있는 결정을 구별하고 있다. 우리에게는 초자연적인 것이나 자아 지식에 대한 열정을 이유로 기존의 행동 기준을 무시한다거나 또는 앞서 내렸던 영구적인 결정을 번복할 자유가 없다. 다만 지금 이 환경 속에서 어떻게 하면 가장 잘 살수 있는지 그 방법을 가르쳐 달라고 소망할 뿐이다.

올바른 결정을 내리기 위해 이냐시오가 제시한 7단계를 소개하면
다음과 같다.


1 먼저 어떤 문제에 대해 결정을 내리고 싶은지 정한다.

2 신을 섬길 것인가 아니면 우리 인류를 섬길 것인가, 또 지구를 지킬
  것인가 등등 내가 존재하는 보다 심오한 목적에 대해 생각해 본다.

3 마치 균형을 유지하는 저울처럼 한쪽이나 다른 한쪽으로 기울임이
  없이 자신의 마음을 가라앉힌 채, 심오한 나의 삶의 목표와 일치한
  다고 느끼는 쪽으로 움직일 준비를 한다.

4 내가 무엇을 해야 하는지 알게 하고, 이를 이루도록 나의 의지를 이
  끌이달라고 신께 기도를 드린다.

5 이 방법으로 행동하는 것 또는 저 방법으로 행동하는 것의 장점과
  단점에 대해 나의 이성과 지성을 동원해 생각해 본다.

6 내 선택이 다른 사람들에게 어떤 영향을 미칠 것인가를 포함하여
  모든 방향에서 그 가능성을 따져본 다음 한걸음 뒤로 물러서서 내
  이성이 — 감정이 아니라 — 어느 방향으로 기우는지 알아본다.

7 지금으로서는 최선이라고 생각되는 나의 선택이 일상생활 속에서
  실현될 수 있게 해달라고 다시 한 번 기도를 드린다.

# 함께 떠나는 영혼을 위한 휴가

'영적 길잡이'라는 말을 들을 때마다 나는 촛불이 켜 있는 방 안에서 검은색 옷을 입은 나이가 지긋한 수도자(항상 남자의 모습이었다.)가 신앙심이 깊으면서도 약간 배타적으로 보이는 여성에게 설교를 하는 모습이 떠오른다. 그 여성은 낡은 옷을 입은 채 은으로 만든 연필로 수도자의 설교를 작은 책에 받아 적고 있다. 보통은 그것이 지시를 내리는 중이라고 말하겠지만, 영적 '우정'이나 '대화'에 심취한 모습이라는 것이 더 옳은 표현일 것이다. 성스러운 경험은 우리 안에만 간직하기에는 벅찬 것으로, 다른 사람들과 그것을 나누며 그들에게 실재하는 신에게 마음을 열라고 재촉하고 싶은 충동에 휩싸이게 된다. 뿐만 아니라 길을 가는 동안 우리 안에는 동료 의식이 자리 잡고 있다. 다른 사람들을 인도하는 것은 함께 가는 영적인 휴가의 핵심적인 부분이다.


다른 사람들의 여행담을 듣는 것은 아주 즐거운 일이다. 더욱이 여기에 약간의 허구가 가미된 경우에는 더욱 그러하다. 어디를 방문했는가 하는 것은 흥밋거리가 못 된다. 정말 우리가 듣고 싶은 것은 인간의 관심을 충족시켜 주는 이야기들이다. 사진이나 장사꾼들이 파는 기념품들처럼 단순한 기록을 보는 것보다는, 스케치와 여행 일지와 같이 방문했던 곳에 대한 독창적인 느낌이야말로 우리가 관심을 갖는

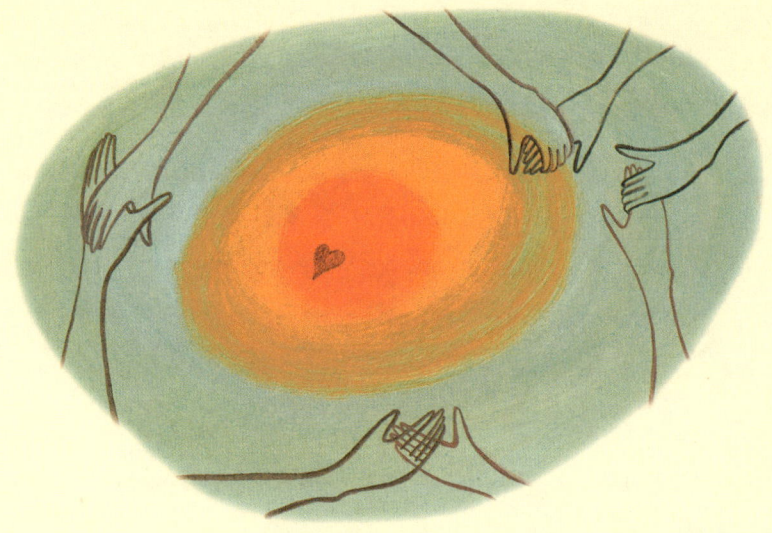

부분이다. 앞서 언급되었던 존 러스킨의 주장으로 볼 때, 이러한 독창적인 느낌은 여행자가 외국의 명소를 그저 바라보는 것이 아니라 실제로 어떻게 이해했는가 하는 것을 보여 준다.

다른 사람이나 작은 단체 안에서 우리의 영적인 기억들과 경험을 나누는 것은 매우 고무적인 훈련이 될 수 있다. 하지만 그렇게 되기 위해서는 처음부터 일정한 한계를 정하는 것이 좋다.


●●●  우선 여성 단체인가 아니면 학생 단체인가 등등 일정한 기준을 정하는 것이 좋다(물론 기본 정신을 침해해서는 안 된다는 사실을 명심한다).


●●●  함께 나눈 이야기에 대해 비밀을 보장해 줄 것을 약속한다.


●●●  다른 사람들의 이야기를 경청하되, 이야기를 방해해서는 안 된다.

••• 설명이나 비교를 요구할 수는 있지만 서로의 경험이 다르다는 사실은 인정해야 한다.

••• 얼마나 자주 어느 정도 모임을 가질 것인지 정한다. 참가 인원에 따라 다르겠지만, 한 시간 내지 90분으로 6회 정도가 적당하다. 제한이 없는 그룹일 경우에는 시간 연장도 가능한데, 이때 정신 집중을 방해하는 다른 요소들이 생겨날 수 있다.

••• 마지막으로, 모든 회원들은 피치 못할 사정이 아닌 경우에는 반드시 모임에 참석할 것을 약속해야 한다.

# 영혼을 위한 휴가 이끌어가기

처음부터 끝까지 나는 공동체 내에서 영적 지도자가 배출되어야 한다고 강조해 왔다. 그러나 내가 주장하는 영적 지도자는 훈련 과정이나 자격증 취득과는 거리가 멀다. 그보다는 동료들에 의해 발견되어 전폭적으로 지지를 받는 그런 사람이어야 한다. 다시 말해서 특정 학교나 방법에 의한 훈련은 적당하지 못하며, 다른 사람들이 영적 안내를 받을 수 있도록 보완 역할을 해주어야 한다는 것이다. 이러한 일을 하고 싶지만 그 방법을 모르거나 또는 그 과정을 체계화하는 방법에 대해 알지 못하는 사람들의 경우에는 특정 학교가 도움이 될 수 있다.

함께 나누는 그룹에 가입한 상태라면, 그룹 일원들 가운데에 '마음을 터놓는 친구'가 될 만한 특별한 자질을 갖춘 사람을 발견하게 될 것이다. 당신이 먼저 그들에게 조심스럽게 당신의 생각을 전하며 뒷걸음질치려는 그들에게 용기를 북돋워 주면 된다.

영적 안내자로서의 자신의 능력을 검증하기 위해서는, 그룹 회원들을 개별적으로 만나 안내자 역할을 하고자 하는 당신의 계획에 대한 그들의 의견을 들어 보는 것이 가장 좋다. 만약 그들이 당신의 의견에 찬성한다면, 그들은 아마도 당신이 지도자가 될 수 있는 새로운

그룹을 구성하도록 여러 사람들을 추천해 줄 것이다. 그렇다고 반드시 지도자가 되려고 하기보다는, 함께 나누기에 참석했던 경험이 있는 사람으로서 단체 모임이 원만하게 진행될 수 있도록 봉사하고자 하는 마음을 전달하는 것이 좋다. 원래 그룹에 있던 사람들 중에는 당신의 재능을 이미 알아본 사람이 있거나 당신의 역할을 지지해 주고 약간의 도움을 줄 수 있는 사람도 있을 것이다.

영혼을 위한 휴가를 안내하는 지도자가 되려는 사람은 반드시 경험이 많은 다른 사람이나 의지할 수 있는 그룹으로부터 감독을 받아야 한다. 지도를 받고 있는 그들에게 이러한 구성 체계를 알리고 다시 한 번 그들의 비밀이 지켜질 거라는 확신을 심어 주는 일도 중요하다.

또한 영적 지도자라는 소명을 개인적인 성공이나 인기 또는 출세를 위해서 악용해서는 안 된다. 당신의 도움을 바라는 이들로부터 무언가를 배우려는 것, 오직 이 한 가지가 영적 지도자가 되는 이유여야 한다.

휴가 계획…

장소와 준비물…

휴가 중 시간 활용 계획…

꼭 하고 싶은 일…

느낀 점…

나에게 가장 소중한 것…

간단한 일기 쓰기…

간단한 일기 쓰기…

# 영혼을 위한 휴가

지은이 | 알란 워커

옮긴이 | 박인희

초판 1쇄 발행 2009년 12월 28일

펴낸이 | 이의성

펴낸곳 | 지혜의나무

등록번호 | 제1-2492호

주소 | 서울시 종로구 관훈동 198-16 남도빌딩 3층

전화 | (02)730-2211    팩스 | (02)730-2220

ⓒ알란 워커

ISBN 978-89-89182-54-2  03890

* 잘못된 책은 바꾸어 드립니다.